마술가게

* 이 도서의 국립중앙도서관 출판예정도서목록(CIP)은 서지정보유통지원시스템 홈페이지(http://seoji.nl.go.kr)와 국가자료공동목록시스템(http://www.nl.go.kr/kolisnet)에서 이용하실 수 있습니다.
(CIP제어번호: CIP2016018132)

마술가게

허버트 조지 웰스 · 로버트 루이스 스티븐슨
나다니엘 호손 · 로드 던세이니 지음 | 최주언 옮김

차례

목소리 섬

케올라는 몰라카이의 현인이라 알려진 칼라마케의 딸, 레후아와 식을 올렸고 줄곧 장인어른과 함께 살았다. 그 예언자보다 더 노련한 사람은 없었다. 칼라마케는 별을 볼 줄 알았으며, 시체 옆 수맥을 발견할 수 있는 데다 사악한 생명체를 활용할 줄 알았다. 산의 고지대나 홉고블린(우유 한 컵만 받으면 집안일을 도와주는 수호신으로 가벼운 장난을 즐긴다. ― 옮긴이)의 지역에 홀로 들어갈 수 있었고, 들어가서 올가미를 놓아 옛 혼령을 잡기도 했다.

이런 이유로 그는 하와이 왕국을 통틀어 사람들이 가장 많이 찾는 예언자였다. 조심성 많은 사람들은 그의 조언에 따라 물건을 사고팔고 결혼을 하고 인생을 계획했다. 왕은 카메하메하(하와이 부족을 통일시켜 1795년 세워진 초대 왕조 ― 옮긴이)의 보물을 찾기 위해 두 번이나 그를 부르기도 했다.

그만큼이나 두려움의 대상이 되는 사람도 없었다.

그와 대적 관계인 사람 중에서는 그의 주문 덕분에 지병이 차도를 보인 이도 있으며, 생명과 육체 모두 유괴되어 뼛조각 하나조차 찾을 수 없던 이도 있었다. 그가 옛 영웅의 기술과 재능을 타고났다는 소문도 돌았다. 밤이면 산에서 이 절벽 저 절벽을 건너다니는 모습이 목격되는가 하면, 높은 나무들 위로 머리와 어깨를 내밀고 걸어 다니는 모습을 본 사람도 있다고 한다.

이 칼라마케는 겉으로도 이상한 사람이었다. 몰라카이와 마우이에서 가장 뛰어난 혈통의 순수한 자손이면서, 어느 외지인보다도 하얬던 것이다. 머리칼은 그 색이 건초 같았으며 눈은 빨갛고 매우 침침했던 터라, 섬에서는 '칼라마케처럼 눈이 어두운 자, 내일을 들여다볼 수 있다'라는 속담이 생기기도 했다.

케올라는 장인어른의 이런 모든 것을 익히 명성으로 들어 알고 있었지만, 그보다는 의심하는 점이 많았으며, 나머지는 무시했다. 하지만 그를 혼란스럽게 하는 게 하나 있었다. 칼라마케는 먹을 것이든 마실 것이든 입을 것이든 아끼는 법이 없었고, 전부 빳빳한 새 지폐로 값을 치렀다. '칼라마케의 지폐처럼 빳빳한', 이것도 여덟 개의 섬(하와이는 크게 여덟 개의 섬으로 이루어져 있다.—옮긴이)에서 통용되는 말이었다. 하지만 그는 장사를 하지도, 농사를 짓지도, 어디에 고용되어 있지도 않았으니 — 그저 가끔 마법으로 사람들에게 돈을 받을 뿐 — 그렇게 많은 은화가 나올, 이렇다 할 출처가 없었던 것이다.

하루는 케올라의 부인이 섬의 내리바람 쪽인 카우나카카이에 가고 사람들은 바다낚시를 나간 참이었다. 그러나 게으른 인간인 케올라는 발코니에 누워 파도가 바닷가를 때리는 광경, 새가 절벽 주위를 날아다니는 모습을 보고 있었다. 그의 머릿속에 든 생각은 한 가지, 빳빳한 지폐에 관한 것뿐이었다. 케올라는 잠자리에 들면서는 칼라마케가 돈을 왜 그렇게 많이 가졌는지를 궁금해했고, 아침에 깨어나면서는 돈이 왜 그렇게 새것인지를 궁금해 했다. 이 생각이 머릿속을 한시도 떠나지 않았다. 하지만 오늘만큼은 뭔가 알아내리라는 확신이 들었다. 칼라마케가 보물을 어디에 숨겨 두는지 봐 두었기 때문이다.

응접실 벽에 걸린 카메하메하 5세의 사진과 왕관 쓴 빅토리아 여왕의 사진 아래쪽, 서랍을 단단히 걸어 둔 책상이었다. 전날 밤 기회가 생겨 들여다봤더니만, 보시라! 가방이 비어 있었다. 그리고 오늘은 증기선이 들어오는 날이었다. 칼라우파파를 떠나는 연기가 보였으니, 연어 통조림과 진 같은 칼라마케를 위한 온갖 진귀한 사치품을 한 달 치 실은 증기선이 곧 도착할 것이다.

케올라는 생각했다.

'오늘 물건값을 지불한다면 장인어른은 마법사인 거야. 그 돈은 악마의 주머니에서 나오는 게 분명하고.'

케올라가 이렇게 생각하고 있는데, 장인어른이 당황한 기색을 띠며 뒤에 서 있었다.

"저거 증기선인가?"

"네, 펠레쿠누만을 들렀다가 여기로 올 겁니다."

"그러면 어쩔 수 없지. 자네를 내 비밀로 끌어들여야겠군, 케올라. 아무도 없는 것보다는 나을 테니. 집으로 들어오게나."

그렇게 둘은 함께 응접실에 들어섰다.

응접실은 도배된 벽에 사진이 걸려 있고 흔들의자와 유럽풍 탁자 및 소파로 꾸며진 아주 고급스러운 방이었다. 옆에는 책 꽂는 선반이 있고, 탁자 한가운데에 가정용 성경이, 자물쇠를 단단히 채운 책상이 벽에 붙어 있었다. 누가 봐도 자산가의 집이라는 것을 알 수 있었다.

칼라마케는 케올라에게 창문의 덧문을 치라고 시키고는, 그 사이 자신은 문을 전부 잠근 뒤 책상 서랍을 열어놓았다. 그는 책상에서 여러 장식과 조개껍데기가 달린 목걸이 두 줄, 말린 허브와 말린 나뭇잎 한 다발씩, 야자수의 초록 가지 하나를 꺼냈다.

"내가 이제 하려는 건 놀라움을 넘어선 경지에 있다네. 옛 어른들은 현명하셨지. 경이로운 일들을 많이 해내셨지만 그중에서도 이게 특히 놀라워. 하지만 어두운 밤, 사막 위 꼭 맞는 별들 아래에서였다네. 똑같은 걸 나는 여기 우리 집에서, 낮이 두 눈 똑바로 뜨고 있는 지금 할 참이라네."

이렇게 말하면서 칼라마케는 성경을 소파 쿠션 아래에 깔아 묻어 두고는 거기서 최고급 직물로 된 깔개를 꺼낸 다음, 양철 냄비 속에 깔아 둔 모래 위에 허브와 나뭇잎을 쌓았다. 그러고서 칼라마케와 케올라는 목걸이를 하나씩 걸고 서로 깔개의 맞은편 모퉁이에 섰다.

마법사가 말했다.

"때가 됐군. 겁먹지 말게나."

이 말과 함께 그는 허브에 불을 붙이고 주문을 웅얼거

리며 야자수 가지를 흔들었다. 덧문을 닫은 탓에 처음에는 불이 약했지만 허브가 강하게 불길에 휩싸이면서 불꽃이 케올라에게 튀었고, 방이 불길을 받아 환해졌다. 연기가 피어오르면서 케올라는 머리가 어질어질하고 눈앞이 캄캄해졌고, 칼라마케의 웅얼거리는 소리가 귀에 아른거렸다. 그러더니 갑자기 둘이 서 있는 깔개가 홱 잡아당겨졌다. 번개보다 빠른 것 같았다. 순식간에 방과 집이 사라졌고 숨이 케올라의 몸에서 전부 밀려났다. 눈과 머리에 빛이 확 밀려 들어와서 보니, 케올라는 강렬한 햇빛 아래, 커다란 파도가 솟구치고 있는 바닷가에 와 있었다. 케올라와 마법사는 방금 전 그 깔개에 선 채로 숨도 제대로 못 쉬고 아무 말 없이 서로를 쳐다봤고, 케올라는 눈앞에 손을 흔들어 보기까지 했다.

더 젊어서인지 먼저 정신을 차린 케올라가 외쳤다.

"뭐였죠? 죽을 듯이 아팠어요."

칼라마케가 헐떡였다.

"별것 아니네. 이제 됐어."

"아니 도대체, 여기가 어디예요?"

칼라마케가 답했다.

"그건 중요한 게 아닐세. 여기에 있는 한, 문제는 우리

손에 달렸고 그 문제에 집중해야지. 난 숨 좀 돌리고 있을 테니 자네는 숲 가장자리로 가서 이러이러한 허브잎과 이러이러한 나뭇잎을 가져오게나. 가 보면 아주 많이 자라 있을 게야. 세 줌씩 가져오게나. 빠르게 움직여야 하네. 증기선이 도착하기 전에 집에 가야 하니까. 우리가 없다면 이상하게 생각하지들 않겠나?"

그러고는 모래밭에 앉아 숨을 헐떡였다.

케올라는 모래와 산호로 반짝이고 독특한 조개들이 깔려 있는 해변가로 올라갔다. 속으로 생각했다.

'내가 어떻게 이 해변을 모를 수 있지? 다음에 와서 조개를 모아 가야겠어.'

케올라의 앞으로 야자수가 하늘을 등지고 늘어서 있었다. 야자수는 여덟 개의 섬에 있는 야자수와 달리, 크고 파릇파릇하며 아름다웠고, 파릇한 이파리 사이에 금처럼 보이는 시든 부채꼴 잎사귀가 매달려 있었다. 케올라는 속으로 생각했다.

'내가 이 숲을 몰랐다니 이상한데. 날이 따뜻해지면 한숨 자러 와야겠어.' 그리고 또 이렇게 생각했다. '갑자기 많이도 따뜻해졌네!'

하와이는 한참 겨울이어서 원래 날이 쌀쌀했던 것이

다. 그리고 또 이렇게 생각했다.

'회색 산맥은 어디 있지? 숲이 옆으로 매달려 있고 새들이 선회하는 높은 절벽은 어디 있고?'

생각하면 할수록 섬의 어느 부분에 온 것인지 더욱 알 수 없었다.

허브는 숲이 해변가와 만나는 가장자리 부분에 자라고 있었지만, 나무는 더 들어가야 있었다.

케올라가 나무를 향해 가고 있는데 달랑 나뭇잎 띠만 두르고 있는 젊은 여자가 보였다.

케올라는 생각했다.

'뭐! 이런 곳에서라면 저런 옷도 특이할 건 없지.'

그는 여자가 자신을 발견하고 도망칠 거라 생각하고는 잠시 멈췄다. 하지만 그녀가 여전히 앞을 보고 있자, 크게 흥얼거렸다. 이 소리에 여자가 펄쩍 뛰었다. 얼굴이 잿빛으로 질렸다. 그녀는 이리 보고 저리 보면서 공포에 질려 입을 쩍 벌렸다. 하지만 그녀의 눈길이 케올라에게 머물지 않는 게 이상했다.

케올라가 말했다.

"좋은 날이에요. 그렇게 무서워할 거 없습니다. 잡아먹지 않아요."

말을 채 걸어 보기도 전에 젊은 여자는 숲으로 달아났다.

'이상하네.'

케올라는 자신이 한 짓은 생각하지 않고 여자를 뒤쫓아 달렸다.

그녀는 달리면서 하와이에서 쓰지 않는 말로 무어라 외쳤는데, 그중 몇 마디는 하와이 말과 똑같았다. 케올라가 알아들은 바로는 그녀가 계속 다른 사람들을 부르면서 경고하고 있었다.

이제 더 많은 사람들이 달리고 있었다. 남자, 여자, 아이 할 것 없이 전부 불이라도 붙은 사람처럼 내달리며 울부짖고 있었다. 그 광경에 케올라도 무서워지기 시작하여 나뭇잎을 가지고 칼라마케에게 돌아갔다. 그리고 일어난 일을 말했다.

칼라마케가 대답했다.

"신경 써서는 안 되네. 이 모든 게 꿈과 그림자나 마찬가질세. 모든 게 사라지고 잊힐 테니."

"아무도 저를 못 본 것 같았어요."

마법사가 대답했다.

"아무도 못 보지. 우리는 광활한 태양 아래를 걸으면서도 이 목걸이 덕분에 보이지 않는다네. 하지만 소리는 들리지. 그러니, 나처럼 나긋하게 말하는 편이 좋다네."

칼라마케는 말을 하면서 깔개 주위에 돌을 둥글게 깔고서는 한가운데에 나뭇잎을 놓았다.

"자네가 할 일은, 나뭇잎에 불을 붙이고 천천히 태우는 걸세. 나뭇잎이 활활 타는 동안, 짧은 순간이네만 나는 내 일을 해야 한다네. 재가 검어지기 전에 우리를 데려온 힘이 다시 우리를 데려가 줄 걸세. 이제 성냥을 들고 준비하게나. 불꽃이 꺼져서 내가 남겨지지 않게 제때에 날 불러야 하네."

나뭇잎에 불이 붙자마자 마법사는 사슴처럼 원 밖으로 뛰어나가, 목욕하고 있던 사냥개마냥 해변가를 따라 질주하기 시작했다. 그는 달리면서 계속 몸을 굽혀 조개를 낚아챘다. 케올라가 보기에는 그가 줍는 순간 조개가 반짝이는 듯했다. 나뭇잎이 선명한 불꽃으로 타오르면서 빠르게 재가 되어 갔다.

이제 나뭇잎은 한 줌밖에 안 남아 있었지만, 달리며 몸을 계속 굽히는 마법사는 저 멀리에 있었다.

케올라가 외쳤다.

"돌아오세요! 돌아오세요! 나뭇잎이 다 떨어져 가요."

그 말에 칼라마케는 방향을 꺾었고, 전까지는 뛰고 있었다면 이제는 날고 있었다. 하지만 그가 빠르게 달릴수록 나뭇잎도 빠르게 타들어 갔다. 불꽃이 막 꺼지려고 하는 찰나, 칼라마케가 크게 발을 굴러 깔개에 착지했다. 그의 발구름이 일으킨 바람에 불꽃이 꺼졌다. 그 순간 해변이며 태양, 바다가 사라졌고, 둘은 덧문을 닫아 어둑한 응접실에 돌아와 있었으며, 이번에는 몸을 더 많이 떨면서 정신을 못 차렸다. 그리고 둘 사이의 깔개 위에는 빛나는 지폐 더미가 있었다. 케올라가 덧문으로 달려갔다. 증기선이 너울에 흔들거리며 가까이 오고 있었다.

그날 밤 칼라마케가 사위를 따로 불러 손에 5달러를 쥐여 주었다.

"케올라, (의심스러운 목소리로) 현명한 사람이라면 자네는 오늘 오후에 발코니에서 잠들었고 그 사이에 꿈을 꾼 거라고 생각할 것이네. 나는 말수가 적고 기억이 짧은 사람들을 곁에 둔다네."

칼라마케는 단 한 마디도 더 하지 않았고 후로도 그 사건에 대해 일언반구하지 않았다. 하지만 케올라의 머릿속에는 계속 이 생각이 맴돌았다.

'조개껍데기로 돈을 만들어 내는 장인어른을 뒀는데

왜 일을 해야 해?'

그가 전에는 게으른 정도였다면 이제는 아무것도 하지 않을 수 있을 터였다.

그는 자기 몫으로 받은 돈을 고급 옷을 장만하는 데 다 썼다. 이제 주머니에 돈이 없었다. 그러고 나니 섭섭한 마음이 들었다.

'콘서티나(아코디언의 한 종류 — 옮긴이)를 살걸 그랬어. 하루 종일 가지고 놀게.'

그러자 슬슬 칼라마케에게 화가 났다.

'이 노인네 정말 비열하잖아. 저는 해변가에서 희희낙락 돈을 모으면서 나는 콘서티나나 갈망하게 두다니! 똑똑히 알려 줘야겠어. 나는 어린애가 아니라고. 누구만큼이나 교활하고 이제는 비밀도 쥐고 있단 말이지.'

그는 아내 레후아에게 말하면서 장인어른의 태도를 불평했다.

레후아가 말했다.

"나라면 아버지를 내버려 두겠어. 당신이 상대하기엔 위험한 분이야."

"그런 건 상관없어!"

케올라가 손가락을 탁 튕겼다.

"장인어른은 내 손아귀에 있다구. 내가 원하는 대로 하시게 될 거야."

케올라는 레후아에게 이야기를 들려주었다.

하지만 그녀는 고개를 저었다.

"좋을 대로 해 봐. 아버지를 좌절시켰다가는 당신 흔적도 안 남을걸. 여럿 있었잖아. 매년 호놀룰루에 가던 하원의원 후아를 생각해 봐. 그 사람 뼈다귀 하나, 아니 머리카락 한 올도 못 찾았잖아. 카마우는 어떻고. 해골처럼 쇠약해져서 그 집 아내가 한 손으로 들 수 있을 정도였잖아."

"케올라, 당신은 아버지 손바닥 안이야. 아버지는 당신을 엄지랑 검지로 집어서 새우처럼 먹어 버릴 거라구."

이제 케올라는 정말로 칼라마케가 두려웠지만, 자만심도 들었다. 아내의 말이 그런 그를 부추겼다.

"좋았어. 당신이 날 그렇게 생각한다면, 얼마나 착각하고 있는 건지 보여 주지."

케올라는 이렇게 말하고는 곧장 응접실에 앉아 있는 장인어른에게로 갔다.

"장인어른, 콘서티나를 가지고 싶습니다."

"정말인가?"

"네, 확실히 말씀드리는 편이 낫겠군요. 저는 콘서티나를 가질 작정입니다. 해변가에서 돈을 줍는 분이라면 분명히 콘서티나 하나 정도는 문제없으시겠죠."

마법사가 대답했다.

"자네가 이렇게 의기가 왕성한 사람인지 몰랐네. 소심하고 쓸모없는 인간이라고만 생각했는데 말이야. 오해였다니 얼마나 기쁜지 몰라. 까다로운 내 일을 도와줄 보조 겸 계승자를 찾은 것 같다는 생각이 드는구만. 콘서티나라고? 호놀룰루에서 가장 좋은 거로 구해 줄 수 있지. 오늘, 날이 어두워지자마자 가서 돈을 가져오세."

"해변가에 다시 가는 겁니까?"

"아니, 아니지! 자네는 내 비밀을 더 많이 배워야 해. 내 지난번에는 조개 줍는 법을 알려 준 게고. 이번에는 고기 잡는 법을 알려 주겠네. 필리네 보트를 물에 띄울 수 있겠나?"

"할 수 있을 겁니다. 그런데 왜 이미 띄워져 있는 장인어른 배를 타고 가지 않는 거죠?"

"내일이 되기 전에 그 이유를 완전히 알게 될 걸세. 필리네 보트가 내 목적에는 더 잘 맞으니 말이야. 자, 괜찮다면 어두워지자마자 거기서 보지. 그리고 우리 계획은

알리지 말게. 우리 일에 가족을 끌어들일 이유는 없지 않은가."

꿀도 칼라마케의 목소리보다 달콤하지는 않았을 것이다. 케올라는 만족스러운 기분을 간신히 숨겼다.

케올라는 생각했다.

'콘서티나를 몇 주 전에 진작 가질 수 있었잖아. 약간의 용기만 있으면 이 세상 살아 나갈 수 있는 거야.'

울고 있는 레후아를 몰래 지켜본 케올라는 그녀에게 다 잘 될 거라고 말할까 고민이 됐다.

'아니지. 콘서티나를 보여 줄 때까지 기다릴 거야. 그때가 되면 저 애송이가 어떻게 나올지 두고 봐야지. 남편이 꽤나 똑똑한 사람이었다는 걸 알게 되겠지.'

날이 캄캄해지자마자 둘은 필리네 보트를 띄우고 돛을 세웠다. 바다는 거대했고 바람의지 쪽에서 바람이 강하게 불었다. 하지만 배가 재빠르고 가벼운 데다 잘 말라 있는 덕에 파도를 스치며 지나갔다.

마법사는 랜턴에 불을 켜고는 고리에 손가락을 넣어 들고 있었다. 둘은 선미에 앉아 칼라마케가 늘 구비해 두고 있는 시가를 폈고, 마법에 대해, 마법을 부려 만들 수 있는 상당한 액수의 돈에 대해, 무얼 먼저 사고 무얼 두 번째로 사야 할지에 대해 친구처럼 이야기했다.

칼라마케는 아버지처럼 이야기했다.

이제 그는 사방을 둘러보고 고개를 들어 별을 바라보다가 이미 바다 밑으로 거의 가라앉은 섬을 뒤돌아봤다. 위치를 능숙하게 가늠하는 듯했다.

"보게나! 몰라카이가 이미 한참 뒤에 있고 마우이는 구름처럼 희미하지. 별 세 개의 방향으로 보건대 내가 생각하던 곳에 온 것 같구먼. 이쪽 바다를 망자들의 바다라고 부르지. 수심이 굉장히 깊은 데다 바닥은 사람들 뼈로 온통 덮여 있고 구멍이 난 부분에는 신과 고블린들이 살고 있거든. 물이 북쪽으로 흐르는데 물살이 아주 강해서 상어도 거스르지 못하고, 누구든 배 밖으로 던져지면 저 먼 바다까지 야생마처럼 휩쓸려 간다네. 그러다가 힘이 빠져서 가라앉으면 뼈마디가 흩어지고 영혼은 신이 먹어치우지."

케올라는 그 말에 두려움을 느꼈다. 그런데 별빛과 랜턴 빛에 비춰지는 모습을 보니 마법사가 변하고 있었다.

"어디 불편하세요?" 케올라가 날카롭게 소리쳤다.

"불편할 건 내가 아니라, 바로 여기에 있는 사람이지."

그 말과 함께 그는 랜턴을 고쳐 들었고, 보시라! 그가 고리에서 손가락을 빼려는데 손가락이 꽉 끼어 고리가 터졌고, 그의 손이 3배로 커졌다.

그 광경에 케올라는 비명을 지르며 얼굴을 감쌌다.

칼라마케가 랜턴을 들었다.

"내 얼굴을 보지 않고!"라고 말하는 그의 머리가 항아리만큼 커져 있었다. 그는 산에 걸친 구름이 커지듯 자꾸만 커졌고, 케올라가 그 앞에 앉아 비명을 지르는 사이 보트는 망망대해를 질주하고 있었다.

마법사가 말했다.

"자, 콘서티나를 어떻게 생각하나? 플루트를 가지는 편이 낫지 않겠나? 응? 좋아, 내 가족인데 뜻하는 바를 쉽게 거두어서야 쓰나. 하지만 내 몸뚱이는 보기 드문 정도로 부풀어 오르니, 이 쥐꼬리만 한 보트에서 내려야겠어. 조심하지 않으면 곧 배가 침몰할 테니 말이지."

칼라마케는 옆으로 다리를 걸쳤다. 그렇게 하는 와중에도 그의 몸은 사람이 보고 생각하는 속도만큼 빠르게 30배, 40배로 불어나, 깊은 바다에 서 있는데도 물이 겨드랑이에 겨우 닿았고 머리와 어깨는 높은 섬처럼 솟아오르고 있었으며, 가슴께가 고동치며 부풀어 올라 절벽에 부딪혔다. 보트는 여전히 북쪽을 향하고 있었지만 칼라마케가 손을 뻗어 엄지와 검지로 뱃전을 들어올려 과자처럼 부서뜨렸고, 케올라는 바다로 흘러 들어갔다. 마법사는 보트조각을 손아귀에서 박살내어 저 멀리 밤 사이로 던져 버렸다.

"미안하지만 랜턴은 가져가겠네. 땅이 멀리 있어 한참을 나아가야 하는데 바다 바닥이 울퉁불퉁하고 발 아래로 뼛조각이 느껴져서 말일세."

그러고는 방향을 돌려 성큼성큼 걸어갔다. 케올라는 파도골에 자꾸 가라앉을 때는 칼라마케를 볼 수 없었지만, 물마루에 던져지면서는 칼라마케가 랜턴을 머리 위로 높이 들고는 성큼성큼 걸어가며 작아지는 모습을, 걸어가는 그의 주위로 파도가 하얗게 부서지는 모습을 볼 수 있었다.

섬이 바다에서 건져진 이래로 케올라만큼 공포에 질린 사람은 없었을 것이다. 케올라는 수영을 했지만 대책없이 빠진 강아지처럼 헤엄쳤고 어디로 가야 할지도 몰랐다. 거대하게 부풀어 오르던 마법사의 모습, 산등성이처럼 거대한 그 얼굴, 섬처럼 넓게 벌어진 어깨, 파도가 아무리 때려도 거뜬한 그 모습만 자꾸 떠올랐다.

콘서티나 생각이 들면서는 수치심이 느껴졌고, 망자들

의 뼈에 생각이 미치자 두려움에 몸이 떨렸다.

갑자기 반짝이는 별들 옆으로 어두운 무언가가 흔들거리며 나타났고, 그 아래로 빛이 있어 갈라진 바다 사이가 환해졌다. 사람들 말소리가 들렸다. 케올라가 크게 울부짖자 어느 목소리가 대답을 해 왔다.

눈 깜짝할 사이, 균형 잡힌 무언가처럼 파도 위에서 넘실대는 뱃머리가 위에 달려 있더니 아래로 덮쳐 왔다. 케올라는 두 손으로 뱃사슬을 잡았고, 어느새 보니 달려드는 바다에 묻혔다가, 또 어느새 보니 뱃사람들 손에 배 위로 끌려갔다.

그들은 케올라에게 진과 비스킷, 마른 옷가지를 주었고 어떻게 그곳까지 왔는지, 자기네들이 본 불빛이 등대 래오카라우였는지를 물었다. 하지만 백인들은 아이 같아서 믿고 싶은 이야기만 믿는다는 걸 케올라는 잘 알고 있었다. 그래서 어떻게 그곳에 있었는지는 내키는 대로 얘기했지만, 칼라마케의 랜턴이었던 불빛에 대해서는 자기는 아무것도 보지 못했다고 맹세했다.

스쿠너인 이 배는 호놀룰루로 향했다가 거래를 하러 낮은 섬으로 갈 예정이었다. 그리고 케올라에게는 절호의 기회였던 것이, 돌풍에 사람을 잃어 제1사장 자리가 비어 있는 참이었다. 더 얘기할 것도 없었다.

케올라는 감히 여덟 개의 섬에 머무를 처지가 못 되었다. 말은 빨리 도는 법이고, 사람들은 얘깃거리 전하기를 좋아하니, 케올라가 카우아 북쪽 끝이나 카우 남쪽 끝에 숨어 봤자 한 달도 안 되어 마법사 귀에 소문이 들어갈 것이고, 그러면 케올라는 죽은 목숨이나 다름없었다. 그래서 그는 가장 분별 있어 보이는 행동을 했고, 익사한 사람을 대신해 선원이 되었다.

어떤 면에서 배는 좋은 곳이었다. 매일 비스킷에 절인 소고기에, 일주일에 두 번은 밀가루와 쇠기름으로 만든 푸딩과 콩수프까지, 음식이 어찌나 넘쳐나던지 케올라는 점점 살이 불었다.

선장도 좋은 사람이었고 선원들은 여느 백인과 다름없었다. 문제는 항해사였다. 항해사는 케올라가 만나 본 사람 중에서 가장 까다로웠고, 무엇을 했으면 했다는 이유로, 안 했으면 안 했다는 이유로 케올라에게 매일 폭력을 행하고 욕을 퍼부었다. 힘센 그가 날리는 일격은 정말 아팠고, 좋은 가문 출신으로 서로 존중하는 문화에 익숙한 케올라가 듣기에 그가 쓰는 단어는 정말이지 불쾌했다. 최악은 케올라가 기회를 틈타 잠이라도 잘라치면, 정신 차리라며 밧줄 채찍으로 후려치는 것이었다. 케올라는 더 이상은 안 되겠다고 생각했고, 도망치기로 마음먹었다.

호놀룰루를 떠난 지 한 달쯤 됐을 때 육지가 보였다. 청명하고 별이 총총한 밤, 바다는 맑은 하늘처럼 잔잔했고 무역풍이 꾸준히 불었다. 뱃머리로 보이는 섬에 야자수들이 바닷가를 따라 고른 띠를 이루고 있었다. 선장과 항해사가 야간용 쌍안경으로 섬을 들여다보면서 이름을 붙이고 이런저런 이야기를 했고, 그 옆에서 케올라가 타륜을 돌리고 있었다. 상인들이 오지 않는 섬인 듯했다. 게다가 선장 말로는 사람이 살지 않는 섬이라고 했다. 하지만 항해사의 생각은 다른 듯했다.

"그 기록은 쥐뿔만큼도 못 믿겠습니다. 어느 날 밤에 외제니호를 타고 여기를 지났습죠. 딱 오늘 같은 밤이었거든요. 사람들이 횃불로 낚시를 하고 있고, 무슨 마을처럼 바닷가가 환했다니까요."

선장이 대답했다.

"그래, 그래. 가파른 거, 그거 하나는 좋네. 해도 상으로 봤을 때 외딴 위험요소는 없으니까 내리바람 쪽을 끼고 가자고. 속도 올리라니까, 말했잖아!"

대화를 열심히 듣느라 타륜 돌리는 것도 잊은 케올라에게 선장이 소리쳤다.

항해사는 욕을 퍼부으며, 정말이지 카나카인은 세상에 쓸모가 없다고, 밧줄걸이를 들고 쫓아와 아주 고된 하루를 만들어 주겠다고 떽떽거렸다.

선장과 항해사는 함께 갑판실에 누웠고 케올라는 혼자 남겨졌다.

'이 섬이 딱이겠는데. 상인들이 오지 않으면 항해사도 올 리가 없잖아. 칼라마케도 여기까지 오진 못할 거야.'

케올라는 배의 방향을 육지 쪽으로 살살 틀었다. 이 백인들을, 특히 항해사를 확실히 믿을 수 없으니 아주 조용히 진행해야만 했다. 다들 자는 것처럼 들리지만 자고 있는 척일 수도 있으니, 돛이 흔들렸다가는 다들 벌떡 일어나 밧줄 채찍을 들고 덤벼들 터였다.

케올라는 배를 아주 조금씩 계속해서 움직였다. 땅이 배에 가까워지자 옆으로 들려오는 바다소리가 커졌다.

그 소리에 항해사가 갑판실에서 벌떡 일어났다.

"뭐하는 거야? 배를 뭍에 대려는 거냐!"

항해사가 고함을 치며 케올라를 향해 풀쩍 뛰었고, 케올라는 난간 위로 풀쩍 뛰어올라 별이 총총한 바다에 뛰어들었다. 케올라가 물 위로 올라왔을 때 배는 이미 원래 예정된 길에 들어선 참이었고, 직접 타륜 옆에 선 항해사가 욕하는 소리가 들려왔다.

섬에서 바람 닿지 않는 부분에 있으니 바다가 잔잔하고 따뜻하기까지 했으며, 케올라는 선원용 칼을 가진 터라 상어도 두렵지 않았다. 조금 앞에 나무들이 막아서고 있었는데, 항만 어귀처럼 땅에 들어갈 틈이 있었다.

마침 조류가 흘러 케올라를 태우고 그 사이를 지나갔다. 조금 전만 해도 케올라는 섬 밖에 있었는데, 어느새 안에 들어와 있었다.

만 개의 별로 빛나는 넓고 얕은 물을 타고 흘러 들어온 그의 주위는 야자수가 줄지어 선 땅이 빙 두르고 있었다. 케올라는 이런 섬이 있다는 말을 들어 본 적이 없던 터라 놀랐다.

그곳에서 케올라가 보낸 시간은 두 시기로 나뉜다. 그가 혼자였던 시기, 그리고 그가 부족과 함께한 시기. 처음에 그는 사방팔방을 다녀 봤지만 누구도 찾지 못했다.

집 몇 채만이 촌락을 이뤄 서 있고 불을 편 흔적이 있을 뿐이었다. 하지만 잿더미는 차가웠고 그마저 비에 씻겨 내려갔다. 바람이 불어 오두막 몇 채가 뒤집혔다. 그는 바로 여기를 거처로 삼고 불을 지피고 조개로 바늘을 만들어 고기를 잡고 요리해 먹었고, 섬 어디에도 물이 없었기 때문에 나무를 올라 초록 코코넛을 따서 즙을 마셨다.

낮은 길고 밤은 무서웠다. 케올라는 익은 과육의 기름을 끌어내고 수염뿌리를 심지 삼아, 코코아 껍데기로 등불을 만들었다. 저녁이 되면 오두막 문을 걸어 잠그고 등불을 켠 뒤, 누워서 아침까지 덜덜 떨었다. 속으로 차라리 바다 밑에 가라앉아 자기 뼈도 다른 사람들의 뼈와 함께 뒹구는 편이 나았겠다고 많이도 생각했다.

이러면서도 케올라는 섬의 안쪽을 지켰는데, 오두막이 호숫가에 있고 이쪽 야자수가 가장 잘 자라며 호수에 괜찮은 물고기가 많았기 때문이다. 바깥쪽으로는 딱 한 번 갔었는데, 해변가를 딱 보고는 부들부들 떨면서 돌아왔다. 빛나는 모래, 그 모래를 뒤덮은 조개, 강렬한 햇빛과 파도가 있는 해변가의 풍경이 그의 감정을 건드렸기 때문이다.

'그럴 리가. 그래도 정말 비슷하기는 해. 알 도리가 있겠어? 이 백인들, 자기들이 어디로 항해하는지 아는 척은 했지만 다른 사람들하고 다를 것 없이 운에 맡긴 게 분명해. 그래서 어쩌다 보니 한 바퀴 돌아 항해해서 내가 몰라카이에 아주 가까이 있고, 이 해변이 장인어른이 돈을 줍던 그 해변일 수도 있는 거라고.'

케올라는 신중히 생각한 끝에 섬 안쪽에 머물렀다.아마 한 달이 지났을까, 그곳 사람들이 도착했다. 큰 보트 여섯 척에 꽉 차게. 그들은 훌륭한 종족으로 하와이 말과는 매우 다르게 들리는 말을 구사했지만 겹치는 단어가 많았기에 이해하기에 어렵지는 않았다. 게다가 남자들은 매우 예의 바르고 여자들은 매우 호의적이었다.

그들은 케올라를 환영해 주고 집을 지어 주고 아내도 붙여 줬다. 케올라가 가장 놀랐던 건 젊은이들이 일하러 갈 때 자기를 함께 보내지 않는다는 점이었다.

이제부터 케올라가 보낸 시간은 셋으로 나뉜다. 처음에는 매우 슬픈 시기를 보냈고, 그다음에는 굉장히 기쁜 시기를 보냈다. 그리고 마지막 시기에는 4대양에서 가장 공포에 질린 사람이 되었다.

첫 번째 시기의 원인은 그가 아내로 둔 소녀였다. 케올라는 이 섬에 대해 잘 알지 못했고, 마법사와 함께 깔개를 타고 간 섬에서도 사람들의 말소리를 거의 듣지는 못했지만 이곳 사람들의 언어를 듣고는 아리송했다. 하지만 그 소녀를 착각할 리는 없었다.

숲에서 울면서 도망치던 그 소녀였던 것이다.

케올라는 이 모든 길을 항해해 왔지만 차라리 몰라카이에 남아 있는 편이 나았을 것이다. 오로지 적에게서 벗어나기 위해 집이며 아내, 친구들을 떠나왔는데 도착한 곳이 그 마법사의 사냥지, 그가 투명인간이 되어 걸어 다니던 해변가였다니. 케올라가 아무리 용기를 내도 오두막 바깥을 나오지 못하고 호숫가 가장 가까이에 붙어 있던 때가 바로 이 시기이다.

두 번째 시기는 그가 아내와 섬주민들에게서 들은 이야기가 원인이었다. 케올라 자신은 정작 말을 거의 하지 않았다. 새 친구들이 너무 친절해서 오히려 안전하지 않다고 판단했기도 하거니와, 장인어른을 잘 알게 되면서 사람을 믿는 데 있어 조심성이 많아졌기 때문에 그들을 절대 믿지 못했던 것이다. 그래서 케올라는 자신의 이름과 혈통, 자신이 여덟 개의 섬에서 왔다는 것, 그리고 그 섬들이 굉장하다는 것과 호놀룰루에 있는 왕궁은 어떤 곳인지, 자신이 얼마나 왕과 선교사들의 절친한 친구였는지를 제외하고는 자신에 대해 아무것도 말하지 않았다. 대신에 질문을 많이 했고 그 덕분에 많은 것을 알게 됐다.

케올라가 있던 섬은 목소리 섬이라고 불리웠으며, 부족은 이 섬을 소유하고 있기는 하지만 실제로는 남쪽으로 세 시간 거리에 있는 섬에 거주하고 있었다.

그들이 영구적인 집을 짓고 살고 있는 그 섬은 달걀이며 닭, 돼지가 있는 풍요로운 섬이었고 화물선들이 와서 럼주와 담배를 거래하기도 했다. 스쿠너선이 케올라를 버리고 나서 간 곳도 바로 그 섬이었다.

그곳에서 항해사는 여느 멍청한 백인과 마찬가지로 죽었다. 배가 도착했을 때 그 섬은 호수의 물고기들이 독을 띠었고, 그 물고기를 먹으면 몸이 부풀어 죽고 마는, 병이 돌기 시작했던 것으로 보인다. 항해사는 이 소문을 전해들었고, 그 시기에는 거주민들이 섬을 떠나 목소리 섬으로 오기 때문에 보트가 항해를 준비하고 있는 모습도 보았다. 하지만 그는 자기 말만 믿을 줄 아는 멍청한 백인이었기에 물고기를 잡아 요리해 먹었고, 몸이 부풀어서 죽었던 것이다.

이는 케올라에게 좋은 소식이었다.

목소리 섬은 거의 항상 인적이 드물었다. 그저 이따금 보트를 탄 무리가 코프라(코코넛 속을 말린 것—옮긴이)를 가지러 오거나, 본토 물고기들이 독성을 띠는 철에 부족이 전부 와서 머물 뿐이었다. 섬의 이름은 섬의 바닷가가 보이지 않는 악마들에 시달리는 경이로운 현상 때문에 붙여졌다.

이상한 언어로 저들끼리 말하는 목소리가 밤낮으로 들려왔고 밤낮으로 작은 불꽃들이 타오르다가 꺼졌지만, 이런 행동의 원인은 누구도 짐작할 수 없었다.

케올라는 부족 사람들에게 본토에서도 같은 일이 일어나느냐고 물었지만 그들은 아니, 거기서는 일어나지 않는 일이라고 대답했다. 그 일대에 있는 수백 개의 섬 어느 곳도 아닌, 목소리 섬에서만 일어나는 일이라고 했다. 그리고 목소리와 불씨는 바닷가와 숲의 바다 쪽 변두리에 있으니 호숫가에서는 2,000년을 살아도 (그렇게 오래 살 수 있다면 말이지만) 전혀 문제를 겪지 않을 것이며, 바닷가에서도 악마들을 내버려 두기만 하면 해가 되지는 않았다. 딱 한 번 족장이 목소리들 중 하나를 향해 창을 던졌다가 그날 밤 코코넛 야자수에서 떨어져 죽임을 당했다.

케올라는 오래도록 혼자 생각했다. 부족이 본토로 돌아가면 자신도 안전할 것이고 그전에도 호숫가만 지키고 있는다면 충분히 괜찮겠지만, 할 수만 있다면 더욱 안전하게 해 두고 싶었다. 그래서 그는 최고족장에게 목소리 섬처럼 같은 문제로 곤란을 겪는 섬에 한 번 간 적이 있는데 그곳 사람들이 해결책을 찾았더라고 말했다.

"덤불에 자라는 나무가 있었는데, 악마들이 이 나뭇잎을 가지러 오는 것 같았습니다. 그래서 섬주민들이 그 나무를 찾는 족족 베어 버렸고 더 이상 악마들이 오지 않았지요."

그게 어느 나무였느냐는 사람들의 물음에 케올라는 칼라마케가 잎을 태웠던 나무를 보여 줬다. 사람들은 쉽사리 믿지 않았지만 은근히 흥미를 느꼈다.

노인들이 밤마다 회의를 열어 의논했지만 최고족장은 용감한 사람이기는 했어도 문제에 대해 두려워하며, 목소리들에게 창을 던졌다가 죽임을 당한 족장 이야기를 매일 꺼냈고, 모두들 그 생각만 하면 꼼짝하지 못했다.

케올라는 나무를 없애는 데 아직 성공하지는 못했지만 충분히 기분이 좋았던 터라, 주위를 둘러보고 기쁨을 느끼기 시작했다. 무엇보다도 아내에게 더욱 친절히 대했고, 이에 그 소녀는 케올라를 많이 사랑하게 됐다. 하루는 오두막에 가 보니, 그녀가 땅에 누워 비탄에 빠져 있었다.

"아니, 무슨 일 있는 거요?"

그녀는 아무 일도 아니라고 잘라 말했다.

그날 밤 그녀가 케올라를 깨웠다. 등불이 매우 어두웠지만 그녀가 슬퍼하고 있다는 걸 표정으로 알 수 있었다.

"케올라, 아무도 듣지 못하게 말해야 하니까 귀를 가져다 대 봐요. 보트가 채비를 시작하기 이틀 전에 바닷가로 가서 덤불 속에 누워 있어요. 미리 장소를 골라 놓아야 해요, 당신이랑 나랑. 음식도 숨겨 놓고. 밤마다 내가 근처로 가서 노래를 부를게요. 밤이 되었는데도 노랫소리가 들리지 않으면 우리가 전부 섬을 떠난 것이니, 안심하고 나오면 돼요."

케올라의 영혼이 몸에서 사라질 듯했다.

케올라는 울부짖었다.

"무슨 말이지? 난 악마들 사이에서 살 수는 없소. 이 섬에 남겨지지 않을 거란 말이오. 여길 떠나고 싶어 못 견디겠다고!"

"당신은 산 채로 이 섬을 떠날 수 없어요, 딱한 우리 케올라. 사실대로 말하자면, 우리 부족은 식인을 해요. 하지만 비밀에 부치고 있죠. 여기를 떠나기 전에 당신을 죽이

려는 이유는 본토에 배들이 들어오고 도나 키마란(루이스 스티븐슨이 투아모투 제도의 파카라바 섬에 1888년 방문했을 때, 그곳에 주재하고 있던 프랑스 정부 관료—옮긴이)이 프랑스인들을 위해 와서 이야기를 나눌 것이기 때문이죠. 발코니가 딸린 집에 백인 상인이 있고, 전도사도 한 명 있고요. 아, 정말이지 굉장한 곳인데! 그 상인은 밀가루가 채워진 통을 몇 개 가지고 있고, 프랑스 군함이 호숫가에 한 번 왔을 때는 우리 모두에게 와인과 비스킷을 줬어요. 아, 딱한 우리 케올라. 당신을 많이 사랑하니까 그리고 그곳은 파페이테를 빼고는 가장 멋진 섬이니까, 당신을 데려갈 수만 있다면 좋을 텐데."

이제 케올라는 4대양에서 가장 공포에 질린 사람이 되었다. 남태평양 제도에 식인부족이 있다는 말을 들은 적이 있어 항상 두려워했는데, 알고 보니 코앞에 있었던 것이다. 게다가 식인부족의 관습, 그들이 인간을 먹을 요량이면 어미가 자식을 아끼듯 그 사람을 애지중지한다는 소문도 여행객들에게 들은 바 있었다.

분명히 케올라 자신도 이 경우임이 틀림없었다. 그래서 그렇게 케올라에게 집을 지어 주고 먹을 것을 주고 아내를 주고 모든 노동에서 면제시켰던 것이다. 또 그래서 케올라가 중요한 사람이라도 되는 양 노인들이며 족장들이 그와 이야기를 나눴던 것이다. 케올라는 침대에 누워 신세를 푸념했고, 그의 살은 뼈 위에서 굳어 갔다.

다음날 부족 사람들은 늘 그랬듯이 아주 친절했다. 그들은 말을 유려하게 할 줄 알았고 아름다운 시를 지었으며 선교사가 있었다면 웃다가 죽어도 모를 정도로 재밌는 농담을 밥상머리에서 할 줄 알았다. 하지만 케올라는 이들의 훌륭한 점들에 신경 쓸 겨를이 없었다. 눈에 들어오는 거라고는 그들의 입 안에서 빛나는 하이얀 이뿐이었고 그걸 보고 있자니 속이 뒤틀렸다. 식사가 끝나고 케올라는 덤불 속에 송장처럼 누워 있었다.

다음날도 마찬가지였는데, 이때 아내가 뒤따라왔다.

"케올라, 당신이 먹지 않으면, 확실히 말할게요, 저들이 내일이라도 당신을 죽여서 먹을 거예요. 족장들 몇 명이 벌써 수근대고 있어요. 당신이 병에 걸려서 야윌 거라고 생각한다구요."

그 말에 케올라는 벌떡 일어났고 분노로 불타올랐다.

"이렇든 저렇든 신경 쓰지 않겠어. 악마냐 심해냐 그 사이에 끼어 있는 거니까. 죽을 수밖에 없다면 조금이라도 빨리 죽는 법을 택할 거요. 기껏해야 먹히는 수밖에 없다면 인간에게 먹히느니 차라리 도깨비한테 먹히고 말지. 잘 있으시오."

케올라는 이렇게 말하고는 서 있는 아내를 내버려 두고 바닷가로 걸어갔다.

태양이 이글이글 타오르는 가운데 바닷가는 사방이 휑했다.

사람은 없이 그저 발자국만이 있고, 걸어가는 케올라의 사방으로 목소리들이 대화를 하고 속삭였으며 불씨들이 피어올랐다가 사그라들었다. 프랑스어, 네덜란드어, 러시아어, 타밀어, 중국어 등 지구상 온갖 언어가 오가고 있었다. 마법이 알려진 곳에서라면 빠짐없이 온 이 사람들 중 몇 명이 케올라의 귀에 대고 속삭였다.

그 해변가는 장터처럼 붐볐지만 아무도 보이지는 않았다. 케올라가 걷는 사이 눈앞에서 조개들이 사라져 갔지만 조개를 줍는 이는 보이지 않았다. 이런 곳에서라면 악마라고 해도 혼자 있기 무서울 것이다. 하지만 케올라는 두려움을 초월해 죽음을 바라고 있었다.

불꽃이 피어오르자 케올라가 황소처럼 돌진했다. 형체 없는 목소리가 우왕좌왕하며 서로를 불렀다. 보이지 않는 손이 불씨 위에 모래를 끼얹었고, 그들은 케올라가 닿기 전에 해변가에서 사라졌다.

케올라는 생각했다.

'칼라마케가 여기에 없는 건 확실해. 아니면 진작에 나는 죽었을 테니까.'

피곤했던 케올라는 숲 가장자리에 앉아 두 손 위에 턱을 괴며 생각했다. 그가 보는 앞에서 일은 계속되었다. 해변가 위로 목소리들이 재잘거리며, 불꽃이 피어났다 가라앉고, 조개껍데기가 사라졌다가도 그가 보는 사이에 다시 생겨났다.

'전에 왔을 때도 낮이었지. 그래도 이렇지는 않았잖아.'

케올라는 이 수백만 또 수백만 달러와 해변에서 돈을 모아 독수리들보다 더 높고 빠르게 날아다니는 이 수백 또 수백 명의 사람들을 생각하니 어지러웠다.

"저 치들이 화폐가 어쩌니, 어디에서 만들어진다느니 하면서 나를 속여 온 걸 생각하면! 이 세상 모든 새 화폐가 여기 모래밭에서 모아지는 게 분명하잖아! 다음에는 더 잘 알 수 있겠지."

언제 어떻게인지는 잘 모르겠지만, 케올라는 마침내 잠기운을 느꼈고 섬이며 그의 슬픔에 대해서는 잊었다.

그는 다음날 일찍, 해가 뜨기도 전에, 부산스러운 소리에 잠에서 깼다. 한숨 자다가 부족 사람들에게 발견됐나 싶어 두려움에 깨어났지만, 그런 게 아니었다. 그의 앞에 펼쳐진 해변가에서 형체 없는 목소리들이 서로 부르고 소리치고 있었고, 그들은 케올라 옆을 지나쳐 섬의 안쪽으로 우르르 몰려가는 듯했다.

'무슨 일이지?'

형체 없는 목소리들이 불씨를 켜지도, 조개껍데기를 줍지도 않고 그저 해변을 계속 달리면서 소리를 쳤다 잠잠했다 하는 걸 보니 예삿일은 아닌 게 확실했다. 따라가는 사람들도 있었는데 소리를 들어 보니 이 마법사들은 분명히 화가 나 있었다.

'저 사람들 가까이서도 나를 지나치는 걸 보면 나한테 화난 게 아니잖아.'

사냥개 무리가 지나가듯, 혹은 말들이 경주를 하듯, 아니면 불을 향해 뛰는 사람들 뒤를 모두들 합류하여 따르듯, 케올라도 그러고 있었다. 자신이 무슨 짓을 하는지도, 왜 그러는지도 몰랐지만, 허 참! 케올라도 목소리들과 함께 달렸던 것이다.

그렇게 케올라는 섬의 한 지점을 돌았고, 그러고 나니 또 다른 장면이 펼쳐졌다. 숲에서 무리지어 우거지게 자라나던 마법 나무가 생각났다. 이 지점부터는 소란스레 울부짖는, 형용할 수도 없는 사람들 소리가 들려오고 있었다. 소리를 들어 보니 케올라 앞으로 달려온 사람들도 같은 곳을 향해 온 듯했다. 조금 더 가까이 가 보니 수많은 도끼들이 부딪히는 소리가 비명과 섞여 들려왔다. 이 광경을 보자 마침내 한 가지 생각이 떠올랐다. 최고족장이 동의한 것이다. 부족 사람들이 나무를 베어 내기로 결정했고, 소문이 섬에 퍼져 마법사에게서 마법사에게로 전해졌고 이들이 나무를 지키기 위해 모두 모였던 것이다. 케올라는 이상한 열망에 휩쓸렸다. 목소리들과 함께 달려서 바닷가를 가로지르고 숲의 변두리까지 오고 나서는 아연실색하여 섰다. 나무 한 그루가 쓰러져 있고, 나머지 나무들도 반쯤 넘어가고 있었다. 부족 사람들이 모여 있었다. 그들은 등을 맞대고 있었고, 시체들은 누워 있고, 발 사이로는 피가 흐르고 있었다. 모두의 얼굴에 두려운 기운이 서렸고, 족제비 울음소리처럼 째지는 목소리가 하늘을 향하고 있었다.

어린아이가 혼자 나무칼을 들고는 공중에 대고 풀쩍 뛰며 휘두르는 모습을 본 적이 있는가. 식인부족민들도 등을 맞대고 모여서 도끼를 들어 올렸다가 세차게 내려

쳤고 그 사이로 비명이 들렸지만, 보시라! 그들과 싸우고 있는 사람은 없었다! 여기저기서 부족민들에 맞서 붙잡은 손은 없이 휘둘리는 도끼만이 보였을 뿐이다. 몇 번이고 부족 사람이 그 도끼 앞에 쓰러지기도 하고 둘로 쪼개지거나 산산조각이 났고 영혼이 신음하며 순식간에 빠져나갔다.

한동안 케올라는 이 기이한 상황을 꿈꾸는 사람처럼 쳐다보았지만, 문득 자신이 그런 광경을 보고 있다는 두려움이 죽음처럼 날카롭게 다가왔다. 하필이면 그 순간 최고족장이 케올라를 발견하더니 손가락으로 가리키며 그의 이름을 외쳤다. 그 소리에 부족민들이 전부 케올라를 봤고, 그들은 눈을 번득이며 이를 딱딱 부딪쳤다.

'내가 여기 너무 오래 있었군.' 케올라는 숲에서 벗어나 방향은 안중에도 없이 해변가를 달렸다.

"케올라!" 비어 있는 모래밭 위로 한 목소리가 가까이 들려왔다.

"레후아! 당신이야?" 케올라는 울부짖고 숨을 헐떡이며 공연히 그녀를 찾아보았다. 하지만 눈으로 보기에 그는 완전히 혼자였다.

목소리가 대답했다.

"아까 지나가는 걸 봤는데 내 목소리를 못 듣더라구. 서둘러! 잎사귀랑 허브를 챙겨서 벗어나자."

"당신 깔개에 서 있는 거야?"

"여기, 당신 옆에 있어."

레후아의 팔이 느껴졌다.

"서둘러! 잎사귀와 허브! 아버지가 돌아오기 전에!"

케올라는 죽자사자 달려 마법의 연료를 가져왔다. 레후아는 케올라가 돌아올 수 있게 안내했고 그를 깔개에 세우고는 불을 피웠다. 불이 타는 내내 싸움 소리가 숲에서 솟구쳤다.

마법사들과 식인부족민들이 맹렬하게 싸우고 있었다. 보이지 않는 마법사들은 산속 황소처럼 크게 아우성쳤고, 뼛속까지 두려웠던 부족민들은 날카롭고 야만스러운 소리로 응답했다. 불이 타는 내내 케올라는 거기에 서서 소리를 들으며 몸을 떨면서도, 레후아의 보이지 않는 손이 잎사귀를 뿌리는 모습을 봤다. 잎사귀를 빠르게 뿌리니, 불꽃도 빠르게 타올라 케올라의 손을 그슬었다. 레후아는 속도를 냈고 타고 있는 불에 대고 숨을 불었다.

마지막 잎사귀가 타 버리고 불씨가 떨어지자 충격이 느껴졌고 케올라와 레후아는 집에 와 있었다.

케올라는 드디어 아내를 볼 수 있게 돼 굉장히 기뻤고, 몰라카이의 집에 돌아와 포이 한 사발을(토란으로 만든 하와이 전통 요리 — 옮긴이) 옆에 두고 앉아 있다는 게 정말로 기뻤다. 스쿠너선에서는 포이를 만들어 먹지 않으며, 목소리 섬에도 포이는 없었기 때문이다. 그리고 그는 식인부족민들의 손에서 완전히 벗어났다는 사실에 정신이 나갈 정도로 기뻤다. 하지만 뚜렷하지 않은 문제가 있었으니, 레후아와 케올라는 이 문제를 두고 밤새 이야기를 나누며 골치를 앓았다.

섬에는 칼라마케가 남겨져 있었다. 신의 축복이 함께해 칼라마케가 그곳을 벗어나지 못한다면, 모든 게 괜찮을 터였다. 하지만 그가 탈출해 몰라카이로 돌아오기라도 한다면 그의 딸 내외에게는 불행한 날이 될 터였다. 둘은 몸을 부풀릴 수 있는 칼라마케의 능력에 대해, 그가 바다를 헤치고 걸을 수 있을지에 대해 이야기했다. 케올라는 이제 그 섬이 어디에 있는지 알고 있었다. 바로 위험한 산호도(투아모투 제도 — 옮긴이)였다. 그래서 둘은 지도책을 가져와 거리를 재 보았고, 가늠해 본 바로는 노신사가 걷기에 먼 길로 보였다. 그래도 칼라마케 같은 마법사를 두고 안이하게 생각해서 좋을 게 없으니, 둘은 결국 백인 선교사에게 조언을 구하기로 했다.

처음으로 마주친 선교사에게 케올라가 모든 것을 말했다. 선교사는 그 산호도에서 케올라가 두 번째 부인을 들인 것을 두고 매우 신랄하게 말했지만, 나머지에 대해서는 맹세컨대 도무지 종잡을 수 없다고 했다.

선교사가 말했다.

"하지만, 아버지가 이 돈을 부정하게 손에 넣었다고 생각한다면, 내가 해 주고 싶은 조언은 돈을 일부는 나환자들에게 주고 일부는 선교사 기금에 내라는 겁니다. 그리고 이 놀랍도록 장황한 이야기는 둘이서만 간직하고 있는 편이 나을 겁니다."

그런데 선교사는 칼라마케와 케올라가 화폐를 위조한 것 같으니 둘을 지켜보는 게 좋을 것이라고 호놀룰루 경찰에 경고했다.

케올라와 레후아는 선교사의 조언을 받아들여 돈을 기금에 보태고 나환자들에게 주었다. 조언의 효험이 있었음이 자명한 것이, 그날부터 지금까지 칼라마케 소식은 전해들을 수 없었다. 하지만 그가 나무 옆 전투에서 죽었는지, 아직까지도 목소리 섬에서 하릴없이 기다리고 있는지는 누가 알겠는가? ♧

마술가게

그 마술가게는 먼발치에서 몇 번 본 적이 있다. 한두 번은 옆을 지나치기도 했는데, 진열장에는 마술구슬이며 마술닭, 멋진 고깔, 복화술 하는 인형, 바구니 마술도구, 멀쩡해 보이는 카드 세트 등 매혹적인 작은 도구들이 보였지만 들어갈 생각은 해 보지 않았다. 그러던 어느 날, 깁이 내 손가락을 잡고는 그 창문 바로 앞으로 끌고 가더니 데리고 들어갈 수밖에 없게끔 굴었다. 솔직히 말하자면 리젠트 거리에, 부화장치에서 갓 나온 닭들이 뛰어다니는 가게와 그림가게 사이에 그렇게 번듯한 마술가게가 있는 줄은 몰랐는데, 이제 보니 분명히 있었다. 전까지만 해도 마술가게가 서커스 근처나 옥스포드 거리 모퉁이, 아니면 홀번에 있다고 생각했다. 그도 그럴 것이 볼 때마다 건너편에 있고 쉽게 접근할 수 없는, 뭔가 신기루 같은 위치에 있었다. 하지만 이제 반박할 여지없이 바로 눈앞에 있었고 깁이 통통한 손가락 끝을 유리창에 갖다 대는 소리가 들렸다.

깁이 '사라지는 달걀' 쪽에 손가락을 톡톡 두드리며 말했다. "내가 부자라면 저걸 살 거예요. 그리고 저것도." '진짜 같은 우는 아기'였다. "그리고 저거, '하나 사서 친구들을 놀래켜 봐'도요." 요상해 보였지만 깁 말로는 카드 세트라고 했다.

깁이 말했다. "저 고깔 밑으로 집어넣으면 뭐든지 사라져요. 책에서 읽었어요."

"그리고 아빠, '사라지는 동전'도 있어요. 이렇게 위로 올리면 아무도 못 봐요."

사랑스러운 깁은 제 엄마의 예의 바른 태도를 그대로 물려받아서인지, 가게에 들어가자고 말하거나 떼를 쓰지 않았다. 그저 저도 모르게 문 쪽으로 내 손가락을 잡아당겨 관심이 있음을 드러낼 뿐이었다.

"저거." 깁이 마술물병을 가리키며 말했다.

"저걸로는 뭘 하고 싶니?" 여지를 주는 듯한 내 질문에 깁이 금세 환한 표정을 지으며 올려다봤다.

"제시에게 보여 주려고요."

누구보다도 사려 깊은 깁이 대답했다.

"네 생일이 백 일도 채 남지 않았구나, 기블즈." 나는 이렇게 말하며 문손잡이를 잡았다.

깁은 대답은 하지 않았지만 내 손가락을 더 세게 잡았고 그렇게 우리는 가게 안으로 들어갔다.

평범한 가게는 아니었다. 평범한 장난감 가게였다면 깁이 깡총대며 활보했겠지만 여기는 마술가게다 보니 상황이 달랐다. 깁은 다만 내게 쉴 새 없이 말을 늘어놓았다.

작고 좁은 가게로 조명이 그다지 밝지 않았고, 뒤로 문이 닫히면서 처량하게 딸랑거리는 소리가 다시 한 번 울렸다. 우리 둘밖에 없었던 터라 잠시 주위를 둘러봤다. 낮은 계산대 위에 놓인 유리진열장에는 종이반죽으로 만든 호랑이가 있었다. — 엄숙하면서도 친절한 눈을 하고는 정해진 대로 고개를 움직거리는 호랑이였다. 수정구슬도 여러 개 있고, 마술카드를 쥐고 있는 도자기 손, 다양한 크기의 마술어항, 볼품없게 용수철을 버젓이 드러내고 있는 마술모자도 있었다. 바닥에는 마술거울이 있었다. 하나는 앞에 서면 길고 날씬해 보이는 거울, 하나는 머리가 부풀어지고 다리가 사라지는 거울, 하나는 체

커 말처럼 짧고 뚱뚱해지는 거울이었다. 거울을 보며 웃고 있는데, 점원으로 보이는 사람이 들어왔다.

언제 왔는지도 모르게 그 사람은 계산대 뒤에 있었다. 호기심 어린 표정이지만 어둡고 혈색이 좋지 않으며, 귀는 크기가 다르고 턱은 부츠의 코 장식처럼 생긴 남자였다.

"어떤 걸 보여 드릴까요?" 그 사람이 기다란 마술손가락을 유리진열장에 펼쳐 올리며 물었다. 그렇게 우리는 깜짝 놀라며 그의 존재를 인식했다.

"아이에게 몇 가지 간단한 마술도구를 사 주려고 합니다." 내가 말했다.

"마술이요? 기계, 아니면 동물?"

"재밌는 거 있나요?"

"음!" 점원은 생각하는 것처럼 잠시 머리를 긁었다. 그러더니 정말 분명히, 머리에서 유리구슬을 꺼냈다. "이런 거 말씀이시죠?" 그가 이렇게 말하며 구슬을 내밀었다.

예상치 못한 동작이었다. 이 마술은 전에도 수없이 봤고 마술사들이 흔히 쓰는 트릭이었지만 여기에서 보리라고는 생각지도 못했다.

"훌륭하시네요." 내가 웃으며 말했다.

"그렇죠?" 점원이 말했다.

깁이 구슬을 집으려고 손을 뻗었지만 점원의 손은 비어 있었다.

"네 주머니에 있단다"라고 점원이 말했고, 말 그대로였다!

"이건 얼마죠?" 내가 물었다.

점원이 정중히 대답했다. "유리구슬은 돈을 받지 않습니다. 생기는 것이라서요." 그가 말하면서 유리구슬 하나를 팔꿈치에서 꺼냈다. "공짜로." 그러더니 또 하나를 목 뒤쪽에서 꺼내고는 계산대 위, 아까 꺼낸 유리구슬 옆에 놓았다. 깁이 자기 손에 있는 유리구슬을 신중하게 관찰하더니 계산대 위에 놓인 유리구슬 두 개를 의문스러운 표정으로 쳐다보고는 동그래진 눈으로 점원을 샅샅이 훑어봤고, 그걸 본 점원이 웃어 보였다. "저 두 개도 가져도 된단다. 괜찮다면 입에서 꺼낸 것도 가지렴. 자!"

깁은 잠시 내게 말없이 대답을 재촉하다가 이내 침묵을 지키며 구슬 네 개를 치워 두었고, 마음을 진정시키려 내 손가락을 다시 쥐고는 앞으로 일어날 일을 용기 내어 기다렸다.

"작은 도구는 다 이런 식으로 얻는답니다." 점원이 말했다.

나는 농담에 동조하려 허허 웃었다. "도매상에 가서 사는 것보다는, 확실히 저렴하겠군요."

점원이 대답했다. "어떻게 보면 그렇죠. 하지만 결국에는 값을 치른답니다. 사람들이 생각하는 것처럼 그렇게 많이는 아니지만요. 더 큰 도구나 매일 받아야 할 물품들, 나머지 모든 것들은 저 모자에서 얻지요……. 아, 선생님, 실례가 안 된다면 말씀이지만 도매상은 없답니다. '진짜 마술' 용품을 파는 도매상 말이지요, 선생님. 가게 이름은 보셨나 모르겠네요. '진짜 마술가게'랍니다." 점원은 뺨에서 명함을 꺼내어 내게 건넸다. "진짜." 그가 단어를 손가락으로 가리키며 말을 이었다. "정말이지 속임수는 없답니다, 선생님."

농담을 참 철저하게도 한다 싶었다.

점원은 눈에 띄게 상냥한 미소를 지으며 깁에게 몸을 돌렸다. "너도 알겠지만, 너는 '제대로 된 아이'로구나."

부모로서 훈육을 철저히 하기 위해 그 사실은 집에서도 드러내 놓고 말하지 않기 때문에 점원이 이를 알고 있다는 점이 놀라웠다. 하지만 깁은 움츠러들지 않고 묵묵히 받아들이며 점원을 가만히 쳐다보고 있었다.

"'제대로 된 아이'만 저 문을 들어올 수 있거든."

그 사실을 보여 주기라도 하려는 듯, 문이 덜컹대는 소리 사이로 앵앵대는 목소리가 희미하게 들렸다. "으엥! 저기 들어가고 싶으단 말야, 아빠, 저기 들어가고 싶으다고! 으에에에엥!" 시달리는 부모가 아이를 어르고 달래는 소리가 들렸다. "닫혔잖니, 에드워드."

"닫히지 않았잖아요." 내가 말했다.

점원이 대답했다. "닫혀 있습니다, 선생님. 저런 아이한테는 항상 닫혀 있죠." 점원의 말을 들으면서 살짝 봤더니 아이는 그 작고 하얀 얼굴이 풍미가 지나친 음식과 단것 때문에 창백해진 데다 사악한 열정에 일그러져 있었다. 그 가차 없는 꼬마 이기주의자는 마법에 걸린 판유리를 밀고 있었다. 나는 남을 잘 돕는 천성인 터라 문 쪽으로 다가가려는데 점원이 말했다. "소용없습니다, 선생님." 그리고 그때, 응석받이 아이가 악을 쓰며 끌려갔다.

"어떻게 하신 거죠?" 내가 한숨 돌리며 물었다.

"마술이지요!"

점원은 손을 아무렇게나 흔들었고, '짠!' 손가락에서 색색의 불꽃이 피어올라 그림자 진 곳으로 사라졌다.

점원이 깁에게 말했다. "여기 들어오기 전에, '하나 사서 친구들을 놀래켜 봐' 상자를 가지고 싶댔지?"

길은 무던히도 용기를 끌어모아 대답했다. "네."

"네 주머니에 있단다."

점원, 이 어마어마한 사람은 (정말 남다르게 긴 몸을) 계산대에 기대고는 마술사들이 보통 하는 것처럼 물건을 꺼냈다.

"종이"라고 말하더니 용수철 달린 비어 있는 모자에서 종이를 한 장 꺼냈고, "실"이라고 말하더니 입 뒤쪽에 있는 실꿰에서 끝도 없이 실을 뽑아내어 꾸러미를 묶고 나서 이로 실을 물어 끊고는, 내 눈에 보인 바로는 실뭉치를 삼켰다. 이번에는 복화술 인형의 코에 초를 켜서 그 불꽃 안으로 손가락을 집어넣었더니 손가락이 녹아 새빨간 봉랍이 되었고, 그 봉랍으로 꾸러미를 봉했다. "사라지는 달걀 얘기도 했지?" 이번에는 사라지는 달걀 하나를 내 외투 안쪽에서 꺼내어 포장했고, '진짜 같은 우는 아기'도 꺼내어 포장했다. 나는 완성된 꾸러미를 길에게 건네줬고 길은 그것들을 가슴팍에 꼭 껴안았다.

길은 말은 별로 안 했지만 기분이 어떤지 눈에 다 드러나 있었다. 꼭 힘줘 껴안고 있는 양팔에도 드러나 있었다. 아이 속에서는 형용할 수 없는 감정이 뛰놀고 있었다. 알다시피 이건, 진짜 마술이었다.

그런데 내 모자 속에서 무언가 움직임이 느껴지는 바람에 깜짝 놀랐다—팔짝 뛰는 부드러운 것이었다. 모자를 홱 벗자 갈기 난 비둘기가—마술사와 동맹인 게 분명한 비둘기가—떨어져 나오더니 계산대로 날아가서는, 헛것을 봤는지는 모르겠지만 종이반죽 호랑이 뒤에 놓인 마분지 상자 안으로 들어갔다.

“쯧쯧!” 점원이 능숙한 솜씨로 내 모자를 쓱 가져갔다.

“조심성 없는 비둘기 같으니, 나 원 참. 둥지를 볼까나?”

그가 길게 늘어난 손에 대고 모자를 털어 내자, 달걀 두세 알, 커다란 구슬, 시계, 당연히 있을 법한 유리공 대여섯 개, 쭈글쭈글 잔주름지가 점점 더, 더 많이 쏟아졌다. 이런 와중에도 점원은 모자 바깥쪽만 신경 쓰고 안쪽은 솔질을 하지 않는 사람들처럼 내내 입을 쉬지 않았다—물론 특유의 개성은 배어 있었고 정중했다.

“모든 것들은 쌓이기 마련이지요, 선생님……. 당연히 선생님은 아니지만요……. 거의 모든 손님들이…… 가지고 다니는 것들을 보면 정말이지 놀랍답니다…….”

주름지가 계산대 위에서 더 많이 더 많이 부풀어 올라 마침내 점원의 모습이 거의 보이지 않게 되었고, 결국에는 이제 아예 보이지 않았지만 목소리는 여전히 들렸다.

"인간의 그럴듯한 겉모습이 무엇을 감추고 다니는지 우리는 아무도 모른답니다, 선생님. 우리는 정돈된 외모, 회칠한 무덤에 불과한 것---"

벽돌을 던져 이웃의 축음기에 명중시켰을 때처럼 목소리가 갑자기 멈춰 고요해졌고, 주름지가 바스락거리는 소리도 멈추더니 모든 것이 잠잠해졌다…….

"내 모자를 어떻게 하신 겁니까?" 잠시 후 내가 물었다.

대답이 없었다.

나는 깁을 쳐다봤고 깁은 나를 쳐다봤다. 마술거울에 비치는 우리 모습이 정말이지 괴상하면서도 진지하고, 차분해 보였다.

"이제 가야겠네요. 이게 다 얼마인지 말씀해 주시겠습니까?"

조금 더 소리를 높여 말했다.

"그러니까, 계산서를 주셨으면 하는데요. 제 모자도 함께 부탁합니다."

주름지 더미 뒤에서 콧방귀 소리가 들리는 듯했다.

"계산대 뒤를 보자꾸나, 깁. 지금 우리를 놀리고 계신 거야."

아이를 데리고 머리를 내젓는 호랑이를 돌아 뒤로 갔다. 계산대 뒤에 뭐가 있었을 것 같은가? 아무도 없었다! 바닥에는 모자만 놓여 있었고, 마술사라면 흔히 데리고 다니는 귀가 축 늘어진 하얀토끼가 명상에 푹 빠져 있었는데, 정말이지 마술사 토끼답게 멍청하고 쭈글쭈글해 보였다. 나는 모자를 다시 썼고 토끼는 느리디느린 한두 걸음으로 길을 비켜 주었다.

"아빠!" 깁이 죄책감을 느끼는 듯 속삭였다.

"왜 그러니, 깁?"

"이 가게가 좋아요, 아빠."

"혹여나 계산대가 불쑥 늘어나서 사람을 문에서 떼어 놓지만 않는다면 아빠도 좋아할 수 있을 것 같구나."

하지만 이 말은 깁의 관심을 끌지 못했다.

"깡총아!"

깁은 느린 걸음으로 우리를 지나쳐 가는 토끼에게 손을 뻗었다.

"깡총아, 깁에게 마술을 부려 줘!"

깁의 눈이 토끼를 좇았고, 토끼는 내가 그전까지 전혀 알아채지 못했던 문으로 몸을 비집고 들어갔다. 그때 문틈이 더 벌어지더니 짝짝이 귀 남자가 다시 나타났다. 그는 여전히 미소를 띠었지만 나와 마주친 두 눈에는 즐거움과 도전 그 사이의 무언가가 담겨 있었다.

"저희 진열실이 보고 싶으시군요, 선생님."

그는 아무것도 모른다는 듯 온화하게 말했다. 깁은 내 손가락을 앞으로 잡아당겼다. 나는 계산대를 흘끗 봤다가 또 점원과 눈이 마주쳤다. 마술이 좀 너무 진짜 같다는 생각이 들기 시작했다.

"시간이 많지 않아서요"라고 말했지만 말을 채 끝마치기도 전에 어떻게 된 일인지 우리는 진열실에 들어와 있었다.

"모든 제품의 품질은 균등합니다."

점원이 유연한 손을 맞대어 비비며 말했다.

"그리고 최고지요. 여기에 진짜 마술이 아닌 것은 없습니다. 전부 완전히 기이한 것들이지요. 잠시만요, 선생님!"

내 외투 소매자락에 붙은 것을 잡아당기는 느낌이 나기에 돌아보니, 그가 꿈틀대는 작고 빨간 악마(손을 깨물고 공격하려는 조그만 악마)의 꼬리를 잡고는 순식간에 계산대 뒤로 아무렇지도 않게 던졌다. 고작해야 비틀어진 고무 형상인 것이 틀림없겠지만, 그 순간에는 정말이지!

점원은 마치 하찮은 해충을 다루듯 작은 악마를 내던졌다. 고개를 돌렸더니 깁은 마술 흔들목마를 구경하고 있었다. 깁이 이 광경을 보지 못해서 다행이었다. 내가 깁과 빨간악마를 눈짓으로 가리키며 낮은 목소리로 말을 꺼냈다.

"저, 저런 게 많지는 않죠?"

"저건 저희 것이 아니랍니다! 선생님께서 데려온 것 같은데요."

점원은 자기도 목소리를 낮추어 대답했고, 어느 때보다도 눈부신 미소를 띤 채 말했다.

"사람들은 자기도 모르는 사이에 뭔가를 지니고 다니니, 참 놀라운 일이죠!"

그러고는 깁에게 말했다.

"여기서 마음에 드는 게 있니?"

깁이 마음에 들어 하는 건 많았다.

깁은 신뢰와 존경심이 뒤섞인 표정으로 이 놀라운 장사꾼에게 몸을 돌려 물었다.

"저거 '마술검'이에요?"

"'마술 장난감 검'이란다. 구부러지지도, 부러지지도, 손을 베지도 않지. 18세 이하의 상대라면 누구와 싸워도

천하무적이 돼. 크기에 따라 2실링 6펜스에서 7실링 6펜스까지 다양하단다. 카드에 있는 투구와 갑옷은 모험심 있고 아주 훌륭한 청소년 기사를 위한 거란다. 안전한 방패, 민첩한 샌들, 투명 헬멧이야."

"와, 아빠!"

깁은 놀라서 말을 제대로 잇지도 못했다.

값이 얼마인지 알아보려고 했지만 점원은 내게 관심도 주지 않았다. 점원은 깁을 완전히 구워삶았다. 깁을 내 손가락에서 떨어트려 놓았던 것이다. 그 모든 괘씸한 물건들을 설명하기 시작한 참이었고 아무것도 그를 멈출 수 없었다. 이제 나는 깁이 늘 잡던 내 손가락이 아닌 그 사람 손가락을 잡고 있는 광경을 질투심 비슷한 것과 께름칙한 의심을 품으며 쳐다보고 있었다. 말할 것도 없이 그 친구는 흥미로웠고 재밌는 가짜 물건을, 아주 괜찮은 가짜 물건을 많이도 가지고 있었다.

나는 둘의 뒤를 따라다니면서 말은 거의 안 했지만 이 요술쟁이를 예의 주시했다. 그래도 어쨌든 깁이 즐거워하고 있었다. 그리고 가야 할 시간이 되면 어렵지 않게 갈 수 있을 터였다.

사방팔방 정신없이 길게 뻗어나 있는 진열실은 진열대

며 칸막이, 기둥으로 나뉘어져 아치형 입구를 지나야 다른 구역으로 갈 수 있었는데, 여러 구역에는 요상하게 생긴 조수들이 빈둥대며 어딘가를 쳐다보고 있었고, 거울과 커튼이 복잡하게 놓여 있었다. 정말로 어찌나 복잡하던지 아까 들어왔던 문을 알아볼 수 없을 정도였다.

점원은 깁에게 시계를 맞출 때 쓰는 태엽도 없고 증기도 없이 작동하는 마술기차를 보여 줬고, 그다음에는 아주아주 귀중한 군인상자를 보여 줬다. 상자 뚜껑을 벗겨 뭐라고 말을 하니 — 혀를 꼬는 소리라 말귀가 느린 나는 알아듣지 못했지만 깁은 엄마를 닮아 곧장 알아듣고 따라했다 — 군인들이 전부 살아 움직였다.

"잘하네! 자."

점원은 군인들을 상자에 마구 넣고는 깁에게 줬다. 깁은 순식간에 군인들을 살아 움직이게 했다.

"그 상자 가지겠니?" 점원이 물었다.

내가 대답했다. "값을 전부 치르라고 하지만 않으시면 사겠습니다. 전부 치르려면 재벌은 되어야……."

"아니! 아니에요!"

점원은 작은 군사들을 도로 쓸어 넣더니 뚜껑을 닫고는 공중에 대고 상자를 흔들었고, 상자는 그렇게 갈색 포장지에 싸여 끈까지 묶여 있었다. 그리고, 포장지에는 깁의 이름과 주소가 새겨져 있었다!

놀라는 내 모습을 보고 점원이 웃음을 터트렸다.

"이게 진짜 마술이지요. 진짜 말입니다."

"제 기준에는 좀 너무 진짜 같군요."

점원은 이제 깁에게 마술을, 이상한 마술, 정말이지 이상한 마술을 보여 주기 시작했다. 점원은 그 마술을 아주 자세히 설명했고, 사랑스럽고 귀여운 녀석은 현자라도 되는 것처럼 고개를 바삐 끄덕이고 있었다.

나는 끼지 않는 편이 낫겠다 싶었다.

마술 점원이 "얏!"이라고 말하니 녀석도 "얏!"이라고 외쳤다. 하지만 나는 다른 것들에 정신이 팔려 있었다. 이곳이 얼마나 어마어마하게 기묘한지 새삼 깨닫고 있는 중이었다. 말하자면 여기는 기묘함으로 점철된 곳이었다. 설치물에도, 천장에도, 바닥에도, 아무렇게나 놓인 의자에도 약간 기묘함이 묻어 있었다. 똑바로 쳐다보고 있지 않을 때면 삐딱하게 움직이면서 내 등 뒤로 조용히 자리뺏기놀이를 하는 것 같은 묘한 느낌이 들었다. 천장돌림띠는 가면을 쓴 뱀 모양이었는데, 가면은 순전히 석고로 만들어졌다기에는 너무 표정이 생생했다.

그런데 돌연 이상하게 생긴 조수 한 명이 눈에 들어왔다. 그 조수는 약간 떨어져 있어서 내 존재를 알아채지 못한 게 분명했는데, 몸의 4분의 3이 장난감 더미 위로 나와 있는 모습이 아치형 입구 사이로 보였다. 그는 기둥에 기대어 빈둥대며 이목구비로 무시무시한 짓을 하고 있었다! 특히 무시무시했던 것은 코였다. 심심하니 혼자서라도 재밌게 놀고 싶다는 듯 코로 놀고 있었다. 처음에는 짧고 방울졌던 코를 느닷없이 망원경처럼 쭉 뻗더니 점점 가늘고 가늘게 뻗어내 기다랗고 빨간 채찍처럼 만들었다. 악몽에나 나올 법한 장면이었다! 조수는 코를 휘두르면서 제물낚시꾼이 낚싯대를 던지듯 코를 앞으로 던졌다.

순간 깁이 저 사람을 봐서는 안 된다는 생각이 들었다. 몸을 돌려서 보니, 깁은 점원에게 완전히 집중하고 있었고 사악한 것은 전혀 생각도 않는 듯했다. 둘은 속삭이면서 나를 쳐다봤다. 깁은 작은 스툴 위에 서 있었고 점원은 손에 커다란 드럼통 같은 것을 들고 있었다.

깁이 소리쳤다.

"숨바꼭질해요, 아빠! 아빠가 술래예요!"

내가 손을 써 보기도 전에 점원이 커다란 드럼통을 깁

에게 씌웠다.

곧바로 나는 어떻게 된 일인지 알아챘다. "치워요, 당장! 아이가 겁먹지 않습니까. 치우라고!"

귀가 짝짝이인 점원은 군말 없이 커다란 드럼통을 들어 텅 빈 속을 내게 보여 줬다. 그리고 작은 스툴도 비어 있었다! 순식간에 아들이 완전히 사라진 것이다!

이런 일이 일어나면 흔히 불길한 무언가가 보이지 않는 존재의 손처럼 뻗쳐와 심장을 움켜쥐는 느낌이 들기 마련이다. 평상시 모습은 온데간데없고 긴장했으면서도 침착해져, 여유롭지도 성급하지도 않은, 화나지도 두렵지도 않은 상태가 될 것이다. 나도 마찬가지였다.

싱긋싱긋 웃고 있는 점원에게 다가가 스툴을 옆으로 차 버렸다.

"어리석은 짓 그만둡시다! 내 아들 어디 있소?"

점원이 여전히 드럼통 안쪽을 보여 주며 말했다. "아시겠지요, 속임수는 없답니다."

내가 손을 뻗어 잡으려고 하자 점원은 솜씨 좋게 피해 갔다. 다시 잡으려 했지만 점원은 몸을 돌려 문을 밀어 열고 빠져나갔다.

"멈춰!"라는 내 말을 뒤로 점원은 웃으며 도망쳤다. 그를 좇아 뛰어든 순간 온통 암흑이 되었다.

'쿵!'

"아이고, 이런! 오시는 걸 못 봤네요!"

나는 리젠트 거리에 있었고 점잖게 생긴 직장인과 부딪힌 모양이었다. 얼마 떨어지지 않은 곳에 어리둥절해 보이는 깁이 있었다. 깁은 사과를 하더니, 나를 잠시 잃어버렸었다는 듯 환한 꼬마 미소를 지으며 다가왔다.

양팔로는 꾸러미 네 개를 품고 있었다!

깁은 오자마자 내 손가락을 다시 찾았다.

잠시 나는 정신을 차리지 못했다. 마술가게 문을 찾으려 두리번거렸지만, 보시라, 문이 없었다! 문도 없고, 가게도 없고, 아무것도 없이, 그림 파는 곳과 병아리가 보이는 창문 사이에는 평범한 벽기둥만 있을 뿐이었다!

나는 곧장 거리로 가서 마차를 잡으려 우산을 들었다. 머릿속이 요동치는 가운데 유일하게 할 수 있는 행동이었다.

깁은 기쁨이 최고조에 달한 듯한 목소리로 말했다.

"마차다!"

나는 깁을 태우고, 겨우 주소를 생각해 낸 다음 마차에 올라탔다. 평소에는 없는 무언가가 외투 주머니에서 존재를 알렸고, 더듬거려 꺼내 보니 유리구슬이었다. 성난 표정을 지으며 거리에 던져 버렸다.

길은 아무 말도 하지 않았다.

그렇게 한동안 우리는 말이 없었다.

마침내 길이 입을 열었다.

"아빠! 거기 진짜 괜찮은 가게였어요!"

길의 말을 듣자 이 모든 일이 아이에게 어떻게 비춰질까 하는 생각이 들기 시작했다. 아이는 아주 멀쩡해 보였다. 지금까지는 기분이 좋아 보였다. 겁을 먹지도 않았고 혼란스러워 하지도 않았으며 오히려 오후 외출에 대단히 만족한 눈치였고 품에는 네 개의 꾸러미도 있었다.

'제길! 저 안에 뭐가 들었지?'

내가 말했다.

"음! 어린아이들은 그런 가게에 매일 가면 안 된단다."

길은 내 말을 평소처럼 태연하게 받아들였고, 나는 아이의 엄마가 아니라 아빠이다 보니 사람들이 보는 앞에서, 마차에서 뜬금없이 아이에게 뽀뽀를 해 줄 수는 없다는 것이 잠시 미안했다. 어찌 됐든 상황이 그리 나쁘지는 않아 보였지만. 꾸러미를 끄르고 나자 정말 안심이 되기 시작했다. 꾸러미 세 개에는 군인상자가 있었는데 아주 평범한 납 군인들로, 이 꾸러미에 원래는 진짜 마술도구만 담겨 있었다는 사실을 깁이 잊을 만큼 상태도 굉장히 좋았다. 네 번째 꾸러미에는 굉장히 건강하며 식욕도 좋고 기분도 좋아 보이는 하얗고 조그만 아기고양이가 있었다.

꾸러미 푸는 것을 보며 잠시나마 안정을 찾았다. 아주 긴 시간을 아이 방에서 서성거렸다.

6개월 전에 일어난 일이다. 이제는 다 괜찮다는 생각이 들고 있다. 아기고양이는 아기고양이에게서 으레 볼 수 있는 마술만 부렸고, 군인들도 대령이 보면 탐낼 만큼 흐트러짐 없는 친구들이었다. 그런데 깁은?

현명한 부모라면 내가 깁을 조심스럽게 다뤄야 한다는 점을 이해할 것이다.

하지만 나는 아이에게 이렇게 묻기까지 했다.

"네 장난감 군인들이 살아서 움직이고 말이지, 깁, 스스로 행군한다면 어떻겠니?"

깁이 대답했다.

"제 건 그래요. 뚜껑을 열기 전에 뭐라고 한 마디만 하면 돼요."

"그러면 알아서 행군을 한단 말이니?"

"아, 그럼요, 아빠. 그렇지 않으면 좋아할 이유가 없죠."

놀라도 이상할 것 없지만 나는 감정을 표출하지 않았고, 그 후로 기회를 보다가 아이가 군인들 주변에서 놀고 있을 때 한두 번 불쑥 나타나 봤지만, 아직까지는 군인들이 마술을 부리는 모습을 보지 못했다.

설명하기 정말 어려운 일이다.

돈 문제도 있다. 나는 공짜로 받고는 못 사는 성격이다. 그 가게를 찾아 리젠트 거리를 몇 번이나 돌아다녔다. 이제 그 문제라면 도의는 지켰다고 생각하며, 그쪽에서 깁의 이름과 주소를 알고 있으니 계산서는 그들이 누구든지 간에 그들이 편한 때에 보내게끔 맡겨 두는 편이 나을 것 같다. ♧

초록문

I.

세 달이 채 되지 않은 어느 은밀한 저녁, 라이오넬 월리스가 내게 벽에 난 문 이야기를 해 줬다. 그때 나는 그가 말하는 이야기인 만큼 사실일 것이라고 생각했다.

그는 내가 믿을 수밖에 없으리라고 무조건 확신하면서 이야기를 했다. 하지만 아침이 되고 내 아파트, 다른 분위기 속에서 깨어나 침대에 누운 채로 떠올려 보니, 그의 진실되고 느린 홀릴 듯한 목소리가 없으니, 어두운 실내에서 주위를 감싼 어둑한 공기 사이로 조명이 탁자만을 밝게 비추는 분위기가 아니고 보니, 기분 좋은 것들, 함께 든 디저트, 유리잔, 식탁보, 그 순간을 일상의 현실로부터 동떨어진 빛나는 작은 세계로 만들어 준 것들이 없고 보니, 모든 것이 말도 안 되는 듯했다.

"날 홀렸구만! 잘도 홀렸네……! 그 많은 사람들 중에 그 친구가 그러리라고는 생각도 못 했어."

그러고 나서 나는 침대에 일어나 앉아 아침 차를 홀짝이면서, 현실성 없는 그의 추억에 어떤 현실적인 특징이 배어 있길래 내가 혼란스러웠던 것인지, 어떻게 그, 무슨 단어를 써야 할지도 모르겠다만 딱히 다른 말로는 표현이 불가능하니, 어떻게 그 경험이 제안되고 보여지고 전달됐었는지 생각하면서 답을 찾아보려 했다.

뭐, 지금은 이때처럼 생각하지 않는다. 끼어드는 의심도 이겨 냈다. 이제는 이야기를 듣는 순간 믿었던 것처럼, 월리스가 내게 최선을 다해 비밀의 진실을 들추어냈다고 믿는다. 하지만 그가 직접 봤는지 아니면 봤다고 생각한 것인지는, 헤아릴 수 없는 특권을 직접 누린 것인지 아니면 환상적인 꿈에 당한 것인지는 추측하는 흉내도 내지 못하겠다. 내 의심을 완전히 끝낸 그의 죽음조차도 이 의문을 밝혀 주지 못한다.

내가 어떻게 토를 달았거나 비난을 했기에 그렇게나 과묵한 사람이 내게 비밀을 털어놓게 된 건지는 기억나지 않는다. 아마도 그가 대대적으로 공적인 활동을 하면서 보인 모습에 실망을 금치 못하여 그에게 태만하며 믿을 만한 사람이 못 되는 듯하다고 책망하는 내게 맞서 자신을 방어하고 있었던 것 같다. 하지만 그는 순식간에 무너졌다. 이렇게 말했다.

"나 집착하고 있어."

윌리스는 잠시 말을 멈추더니 곧 이어 갔다.

"한동안은 무관심했는데. 사실은, 이게 유령이나 망령이 아니라, 말하기는 이상하지만 레드몬드, 난 홀렸어. 뭔가, 빛을 빼앗아 가고, 나를 갈망으로 가득 채우는 무언가에 홀렸다고……."

그는 영국인들이 움직이거나 심각하거나 아름다운 것들을 이야기할 때 흔히 압도당하는 특유의 부끄러움에 말문이 막혔다.

"넌 내내 애설스탠에 있었잖아."

(나는 순간 윌리스가 왜 이 말을 꺼내나 싶었다.)

"그러니까," 하고 멈췄다.

이렇게 처음에는 계속해서 멈칫거렸지만 얼마 후에는 조금 더 수월하게, 자신의 삶에 숨겨진 것을, 속세의 삶에서 겪는 모든 광경과 관심사들이 희미하고 지루하고 헛되 보일 정도로 행복했던, 아름다웠던 기억이 만족을 모르는 갈망을 머릿속에 가득 채워 넣는다는 것을 이야기하기 시작했다.

증거가 있어서 말이지만 이는 윌리스의 얼굴에 빤히 쓰여 있었다. 윌리스의 무관심한 표정이 한층 강하게 포착된 사진이 그 증거이다. 한 여성이 윌리스를 두고 내게 했던 말이 생각난다—윌리스를 무척이나 사랑했던 여성이다.

"어느 순간, 느닷없이 흥미를 잃더라구요. 사람이 있는지도 잊어버리고. 코앞에 사람이 있어도 눈곱만큼도 신경 쓰지 않아요."

하지만 윌리스가 매사에 관심이 없는 건 아니었고, 주의를 쏟고 있으면 어떻게 된 일인지 굉장한 성공을 거두는 편이었다. 사실 그는 성공적인 탄탄대로를 걸었다.

나를 앞질러 간 것은 오래전이었고 내 머리 위까지 치솟아 올라, 나와는 달리 세상에 두각을 나타냈다, 뭐 어쨌든. 윌리스는 한 살 모자란 마흔에 불과했지만, 살아 있었더라면 공직에 있거나 새로 구성된 내각에 몸담았을 게 분명하다고들 사람들이 말한다.

학교 시절에도 그는 타고난 듯이, 별다른 노력 없이도 늘 나를 이겼다. 우리는 서부 켄싱턴의 세인트 애설스탠

대학 시절 내내 함께였다. 나란히 입학했지만 윌리스는 눈부신 성적으로 내리 장학금을 받으며 나를 치고 올라갔다. 하지만 나도 뒤쳐진 건 아니고 평균은 했다. 내가 처음으로 '벽에 난 문' 얘기를 들은 건 이때였다. 두 번째는 윌리스가 죽기 한 달 전이었고, 적어도 윌리스에게는 그 문이 진짜 벽을 뚫고 불멸의 현실로 이어지는 진짜 문이었다. 이 부분에 대해서는 확신한다.

그 문은 꽤 이른 때, 윌리스가 대여섯 살 꼬마였을 때 찾아왔다. 윌리스가 엄숙한 목소리로 느릿하게 고백하면서 그때 날짜를 추론하고 계산하던 모습이 기억난다.

"문 안쪽에 선홍빛 미국담쟁이덩굴이 있었어. 하얀벽에 비친 선명한 호박색 햇빛 옆에 있으니 덩굴이 정말이지 뚜렷한 선홍빛으로 보였어. 정확히 기억은 안 나지만 어쨌든 그게 인상에 남아 있어. 그리고 초록문 바깥 인도에는 칠엽수잎이 내려앉아 있었지. 왜 있잖아, 갈색이니 지저분한 색은 아니고 노란색이랑 초록색이 얼룩덜룩했어. 방금 떨어진 게 분명했지. 그러니 시월이었던 것 같아. 매년 칠엽수잎을 찾아보러 다녀서 잘 알거든."

"기억이 맞다면 다섯 살하고도 사 개월 먹은 때였을 거야."

윌리스는 다소 조숙한 애였다고 한다. 유별나게 일찍부터 말을 배웠고, 사람들 말에 따르면 어찌나 분별력이 뛰어나고 '옛 어른처럼' 굴던지 보통 아이들 같으면 일고여덟 살이어도 꿈도 못 꿀 법한 자주권을 진즉 얻었다고 한다.

두 살 때 어머니가 돌아가셨기 때문에, 경계가 심하지 않고 권위적인 성향이 덜한 보모 밑에서 자랐다. 일만 생각하는 엄격한 변호사였던 아버지는 윌리스에게 관심을 별로 주지도 않으면서 많은 것을 바라셨다. 내 생각에 윌리스는 무척 총명했지만 인생이 우중충하고 따분하다고 생각했던 듯하다. 그러던 어느 날 밖을 배회하게 된 것이다.

그는 특별히 감시가 어떻게 풀렸기에 나다닐 수 있었던 것인지, 서부 켄싱턴에서 어떤 길을 따라갔는지는 기억하지 못했다. 모든 것이 복구할 수 없이 흐릿한 기억 사이로 사라졌다. 하지만 하얀벽과 초록문만큼은 꽤 선명하게 남아 있었다.

어릴 적 기억이 계속 재생됐다. 윌리스는 그 문을 보자마자 첫눈에 특이한 감정을, 이끌림을, 가서 문을 열고 들어가고 싶다는 욕구를 느꼈다. 그리고 동시에 이 이끌림에 굴복하는 것은 현명하지 못하거나 잘못된 처사라는 확신이 분명히 들었다. 월리스는 기억이 요상한 마술을 부린 게 아닌 이상, 저 문이 닫혀 있지 않으며 마음만 먹으면 들어갈 수 있다는 것을 처음부터 알고 있었던 게 참으로 신기하다고 주장했다.

억눌려 있고 긴장한 꼬마아이의 모습이 눈에 보이는 듯했다. 왜인지 이유는 모르겠지만 문에 들어간다면 아버지가 무척 화내실 것이라는 생각이 확실히 들었다고 한다.

월리스는 이렇게 망설인 순간을 극도로 자세히 설명했다. 그는 그대로 문을 지나쳐서, 손은 주머니에 찔러 넣고 유치하게 휘파람도 불어 가며 벽의 끝을 지나 죽 걸었다. 그쪽에는 지저분한 상점이 많았고, 그중에서도 특히 토기관이며 연판, 볼탭, 벽지 샘플책, 에나멜통이 너저분하게 늘어져 먼지가 쌓여 있는 배관 및 실내장식 상점이 있었다. 월리스는 이것들을 들여다보는 척하며 서서는 속으로 초록문을 열정적으로 바라고, 탐했다.

그런데 갑자기 감정이 솟구쳤다. 또다시 망설임에 사로잡힐까 봐 달려갔다. 손을 쭉 뻗고 곧장 초록문을 열고 들어가서 뒤로 쾅 닫았다. 그렇게 순식간에 윌리스는 앞으로 평생을 머릿속에 맴돌 그 정원에 들어갔다.

윌리스는 정원에 들어가 받은 느낌을 그대로 설명하기를 무척 어려워했다.

그곳은 누구든 들어가면 행복하고 경쾌한 느낌, 좋은 일이 일어날 것 같다는 기분을 느낄 만큼 분위기 자체가 유쾌하고, 보고 있으면 모든 색이 선명하고 완벽하며 묘하게 빛나는 듯 느껴졌다고 한다. 이 문에 들어서는 순간, 흔히 느낄 수 없을 정도로 날아갈 듯 기분이 좋아지고, 명랑한 어린이라면 당연히 여기서 기분이 좋아질 수 있다. 그리고 그곳에서는 모든 것이 아름답다…….

윌리스는 생각에 잠겼다가 말을 이었다. 그는 믿을 수 없는 일을 생각하는 듯한 의심쩍은 말투로 말했다.

"있잖아, 거기에는 큰 표범 두 마리가 있었어……. 그래, 점박이 표범. 무섭지 않았어. 길고 넓은 길 한쪽으로 대리석이 둘러진 화단이 깔려 있었는데, 이 커다랗고 보드라운 두 마리 동물이 거기에서 공을 가지고 놀고 있었어. 한 마리가 올려다보더니 내 쪽으로 다가오는데, 호기심을 느끼는 모양이더라고. 곧장 나한테 와서는 내가 내민 작은 손에 보드랍고 둥그런 귀를 살살 문지르더니 가르릉거렸지. 말하자면 여긴 마법에 걸린 정원이었어. 그래. 얼마나 넓었냐고? 아! 여기로 저기로 넓게, 멀리 펼쳐져 있었어. 저 멀리에는 언덕도 있었을 거야. 서부 켄싱턴이 갑자기 어디로 이어진 건지는 하늘만이 아시겠지. 어찌 됐든 마치 집에 온 것 같았어.

있지, 문이 닫히는 동시에 난 마차, 상인들 수레가 있고 칠엽수 낙엽이 깔린 길은 잊었어. 규율을 지키고 시키는 대로 해야 하는 집에 되돌아가야 한다는 부담 같은 것은 잊었지. 망설이고 두려워하던 것, 사리분별, 살면서 익숙했던 현실은 전부 잊었어.

순식간에 나는 정말 기쁘고 끝내주게 행복한 꼬마애가 된 거야. 다른 세계에서 말이지. 그냥 다른 세계였어. 더 따뜻한 빛이 그윽하니 내리쬐고, 희미하지만 산뜻하게 기쁨이 배어 있고, 파아란 하늘에는 구름조각이 햇빛을 받으며 떠다니고. 그리고 내 앞으로 이 길고 넓은 길이 날 부르는 듯 이어져 있었어.

한쪽에 잡초 하나 없는 화단이 깔려 있고, 그 화단에는 손 타지 않은 꽃들이 흐드러졌고, 커다란 두 마리 표범이 있었지. 나는 보드라운 표범 털에 겁도 없이 고사리손을 대 보고, 둥그런 귀랑 예민한 귀밑을 쓰다듬고, 함께 놀았어. 꼭 표범들은 내가 집에 온 것처럼 맞아 주었어. 계속 집에 온 것 같다고 생각하고 있는데, 그때 키 크고 예쁜 소녀가 길에서 나타나 내게 오더니 웃으면서 "좋아?"라고 말했어. 그러더니 날 들어 올려서 입을 맞춘 다음에 다시 내려놓고는 손을 잡고 끌고 갔어. 놀라기는커녕 오히려 기뻐하면서 따라가도 괜찮다고 생각했고, 이상하게 그때껏 간과하고 있던 행복한 일이 생각나는 듯했어. 내 기억에는 수상꽃차례 모양을 한 참제비고깔 사이로 널찍한 빨간 계단이 보였어. 계단을 오르니까 색이 짙고 굉장히 오래된 나무들이 양옆으로 그림자를 드리우고 있는 커다란 길이 나왔지. 이 길 저 건너편을 보니까 있지, 갈라진 빨간 줄기들 사이로 조각이 새겨진 대리석 의자가 있었고 굉장히 순하고 친근한 하얀 비둘기들도 있었어…….

내 여자 친구가 나를 이 멋진 길로 데려갔거든. 상냥하고 다정한 얼굴의 윤곽, 우아하게 빚어진 턱이 아직도 기억나네, 그 얼굴로 나를 내려다보면서 부드럽고 다정한 목소리로 뭔가 물어보고 말을 했어. 절대 기억은 나지 않지만 기분 좋은 말……. 조금 있다가 불그스름한 갈색 털에 다정한 적갈색 눈을 지닌 굉장히 깨끗하고 조그만 꼬리 감는 원숭이가 나무에서 내려와서 옆으로 달려오더니 날 올려다보면서 씩 웃는 거야. 그러더니 내 어깨로 뛰어 올랐어. 그렇게 우리는 정말 행복해 하면서 길을 갔지."

월리스가 말을 멈췄다.

"그래서?"

"세세한 것들이 기억나. 우리는 월계관을 쓴 채 사색에 잠긴 노인 옆을 지났고, 또 앵무새들 덕분에 분위기가 명랑한 곳도 지나고 차양이 달린 콜로네이드를 지나서 널찍하고 멋진 궁전에 도착했지. 쾌적한 분수대가 가득하고, 아름다운 것들이 가득하고, 바라면 이루어질 거라는 희망이 가득하고, 기품이 흐르는 궁전이었어. 뭔가 많고 사람들도 많았지. 아직까지 선명히 기억나는 것도 있고 조금 희미하게 기억나는 것도 있어. 하지만 분명한 건 사람들이 전부 아름답고 친절했다는 거야. 그 사람들이 전부 내게 친절하다는 게, 내가 와서 기뻐한다는 게, 몸짓으로 손짓으로 눈빛에 담긴 환영과 사랑으로 내게 기쁨을 준다는 게 확실히는 모르겠지만 어떻게 전달됐어. 그래!"

월리스는 잠시 생각에 잠겼다.

"거기서 같이 놀 친구들을 찾았어. 나한테는 대단한 사건이었지. 외로운 꼬마였으니까. 그 아이들은 꽃으로 작동하는 해시계가 있고 풀로 뒤덮인 뜰에서 신나는 놀이를 했어. 누구는 놀고 누구는 사랑하고…….

그런데 이상한 게, 기억에 빈틈이 있어. 했던 놀이가 생각이 나지 않아. 절대로 생각이 안 나. 그 후에도 어렸을 때, 행복하게 했던 그 놀이를 기억하려고 눈물까지 흘려 가면서 무진 애썼는데. 전부 다시 하면서 놀고 싶었거든, 내 놀이방에서, 혼자. 생각이 안 나! 기억나는 거라고는 계속 나랑 놀았던 친구 두 명이랑 내가 얼마나 행복했는지야…….

그런데 얼마 후에 얼굴은 심각하고 창백한데 눈은 꿈꾸는 것처럼 생긴 한 침울하고 어두운 아줌마가, 옅은 보라색에 부드럽고 긴 원피스 차림으로 책을 가지고 나타나서는 손짓하더니 날 데리고 길쭉한 방으로 데리고 갔어. 친구들이 내가 가는 게 싫어서 하던 놀이도 멈추고 내가 끌려가는 걸 가만히 서서 지켜보는데도 말야. '우리한테 다시 와! 금방 와야 해!' 이렇게 소리치더라고. 그 아줌마를 올려다봤는데 내 친구들 말에 신경도 안 쓰더라고. 얼굴이 정말이지 온화하고 엄숙했어.

방에 있는 의자로 가서 그 아줌마가 무릎에 책을 펼쳤

고 난 책을 읽으려고 그 옆에 서 있었어. 책장이 넘어갔어. 아줌마가 가리키길래 봤더니 놀랍게도 살아 있는 책장에서 내가 보였어. 나에 대한 이야기였던 거야. 태어나고 나서 겪었던 모든 일이 다 들어 있었지. 정말 신기했던 게, 책장이 그림이 아니고, 이해할는지 모르겠지만, 현실이었어."

윌리스가 심각한 표정을 지으며 말을 멈췄다. 나를 의심쩍게 쳐다봤다.

내가 말했다.

"계속해, 이해했어."

"현실이었어, 그래. 분명해. 사람들이 움직이고 뭔가 왔다갔다하고. 거의 잊고 살았던 사랑하는 어머니도, 엄격하고 곧으신 아버지도, 하인들, 보모, 집에 있는 익숙한 것들이 전부 있었어. 앞문에, 부산한 거리까지. 보고 너무 놀라서 반신반의하며 그 아줌마 얼굴을 들여다봤어. 몇 장 뛰어넘기도 하면서 책장을 계속 넘겨 보는데, 길게 뻗은 하얀벽에 난 초록문 바깥에서 내가 주저하면서 맴도는 모습이 나온 거야. 갈등과 두려움이 다시 느껴지더라고. '다음은요?'라고 소리치면서 책장에 달려드는데 그 엄숙한 아주머니가 차가운 손으로 날 막았어.

'다음은요?' 계속 고집부리면서 그래 봤자 아이였지만, 젖 먹던 힘까지 짜내서 아주머니 손가락을 잡아당기고 그렇게 살짝 실랑이를 벌였어. 결국 아주머니는 두 손 들었고 책장이 넘어가는 순간, 그림자처럼 내 위로 허리를 굽히고는 이마에 입을 맞췄지.

그런데 책장에는 마법에 걸린 정원도, 표범도, 내 손을 잡고 이끌었던 소녀도, 내가 가는 걸 싫어했던 아이들도 없었어. 전등이 켜지기 전, 쌀쌀한 오후 시간대의 길다랗고 우중충한 서부 켄싱턴 거리가 보였지. 그리고 난, 불쌍한 꼬마아이인 나는 거기 있었어. 자제할 수 있으면서도 큰 소리로 울었지. 뒤에서 날 부르던 소중한 놀이친구들한테 돌아갈 수 없어서 울었어.

'우리한테 다시 와! 금방 와야 해!' 난 거리에 있었어.

이건 책장이 아니라 가혹한 현실이었지. 마법에 걸린 장소 그리고 무릎 맡에 서 있는 나를 가로막는 엄숙한 아주머니의 손길이 사라졌어. 어디로들 사라진 걸까?"

월리스는 다시 말을 멈췄고, 한동안 화롯불만 들여다봤다.

그러더니 웅얼거렸다.

"아! 그렇게 비참하게 되돌아오다니!"

내가 조금 후에 말했다.

"그래서?"

"정말 불쌍한 꼬마였지! 이 우중충한 세상에 다시 끌려오다니! 방금 일어난 일이 얼마나 온전히도 만족스러웠는지를 깨닫고 나니까 슬픔을 주체할 수 없었어. 사람 많은 곳에서 울었을 때의 수치심과 모욕감, 불명예스럽게 집에 돌아갔을 때의 감정이 아직도 남아 있어. 금테안경을 쓴 자애로워 보이는 노신사가 발걸음을 멈추고는 나를 우산으로 쿡 찌르면서 말을 거셨어. '불쌍한 것, 길을 잃은 게냐?' 다섯 살배기 런던 꼬마한테 말이지! 고집스럽게도 그 할아버지는 친절하고 젊은 경찰관을 데려와서 나를 구경거리로 만들고 그렇게 나를 집에 데려다 주셨어. 울고불고, 그렇게 눈에 띄고, 겁에 질린 채로 마법의 정원에서 아버지가 계신 집 계단으로 돌아온 거지.

그것도 그렇지만 정원의 모습이 기억에 선해. 여전히 내 머릿속을 맴돌아. 물론 그 반투명한 현실이 지니던 형언할 수 없는 특징, 그곳에서 일어났던 특이한 경험들을 전달하지는 못하겠지만, 정말로, 정말로 일어난 일이야. 꿈이었다면 분명 낮이었을 거고 굉장히 기이한 꿈이었던 거지……. 흠! 당연히 그 후로 이모, 아버지, 보모, 가

정교사, 너나 할 것 없이 전부 끔찍하게도 질문을 퍼부었어…….

설명을 하는데, 아버지가 거짓말을 했다면서 날 처음으로 매질하시더라고. 그 후에도 이모한테 말해 보려고 했는데 못된 고집을 부린다며 또 혼나기만 했어. 그 뒤로 그 일에 대해서는 아무도 내 말을 들으려 하지 않았어. 한동안은 동화책도 뺏겼다니까. 내가 너무 '상상력이' 넘친다나. 응? 그래, 그랬다니까! 아버지가 보수적이셨거든……. 그래서 이야기를 나 혼자 되풀이했어. 베개에 대고 속삭였지, 내가 입술을 대고 속삭이면서 눈물을 적셔 대는 바람에 베개가 축축하니 짠맛이 나기 일쑤였어. 별수 없이 형식적으로 기도를 할 때도 늘 진심으로 딱 한 가지를 바랐지. '그 정원 꿈을 꾸게 해 주세요. 아! 절 그 정원에 다시 데리고 가 주세요! 날 그 정원에 데리고 가 주세요!' 그 정원 꿈을 많이 꿨어. 이야기에 뭔가 덧붙인 것도 있고 바뀐 것도 있을 거야.

모르겠어……. 아주 어린 시절 겪었던 경험을 단편적인 기억으로 재구성하면서 말하는 거니까. 어릴 적 다른 기억들이랑 그 일 사이에는 커다란 차이가 있어. 그 놀라운 찰나의 경험에 대해 말 한 마디 꺼낼 리 없는 때가 왔던 거지."

나는 뻔한 질문을 했다.

윌리스가 대답했다.

"아니. 그맘때 내가 정원으로 다시 가려고 시도를 했었는지는 기억이 나질 않아. 지금 생각해도 이상하지만, 아무래도 그 사고가 있고 나서 내가 멀리 나가지 못하게 어른들이 철통감시를 하지 않았나 싶어. 아니, 너랑 알기 전에는 그 정원을 다시 찾아나선 적이 없어. 지금 생각해보면 믿기지 않지만, 여덟 살인가 아홉 살 즈음에는 그 정원을 아예 잊고 살았던 것 같아. 세인트 애설스탠에서 어릴 때 기억나?"

"어느 정도!"

"그때는 내가 비밀스러운 꿈을 꾼다는 티를 낸 적이 없지?"

II.

윌리스가 갑자기 미소를 지으며 올려다봤다.

"나랑 북서항로 놀이한 적 있나? 아니지, 나랑 방향이 달랐으니까! 상상력 있는 아이들이라면 하루 종일이라도 할 수 있는 놀이야.

학교로 통하는 북서항로를 찾는 게 목적이지. 학교 가는 길이 단조로웠거든. 단조롭지 않은 길을 찾는 거야. 십 분 일찍 나와서 거의 가망 없는 방향으로 눈에 익지 않은 거리를 탐험하는 거지. 하루는 캠든 언덕 반대편에 지대가 낮은 거리에서 헤매는데, 이번에는 잘 안 풀리고 있으니 학교에 늦고 말 거라는 생각이 들기 시작했어.

막다른 골목처럼 보이는 거리를 절박한 심정으로 헤매다가 끝에서 통로를 하나 찾았어. 다시 희망에 부풀어서 서둘러 그 길을 따라갔지. '제때 도착할 수 있을지도 몰라'라고 말하면서 지저분한 상가를 지나가는데 왠지 모르게 눈에 익더라고. 그러더니 짠! 내가 그리던 길게 이어져 있는 하얀벽과 마법의 정원으로 이어지는 초록문이 있는 거야!

뒤통수를 딱 맞은 기분이었어. 결국 그 정원은, 그 신비로운 정원은 꿈이 아니었던 거지!"

월리스는 잠시 말을 끊었다.

"두 번째 초록문 경험은 시간에 쫓기는 학생이랑 끝도 없이 여유로운 꼬마애를 구분짓는 사건이었던 것 같아. 어찌 됐든 이 두 번째에는 문에 곧장 들어가겠다는 생각은 추호도 하지 않았어. 있지, 일단, 내 머릿속은 늦지 않게 학교에 가야 한다는 생각뿐이었어.

한 번도 지각한 적 없는 기록을 지키겠다는 데 여념이 없었지. 적어도 문을 열어나 보자는 충동은 분명히 느꼈을 거야, 그래. 분명히 느꼈을 거야……. 하지만 학교에 가야 한다는 마음이 어찌나 단호했던지 그런 이끌림이 또 다른 장애물에 불과하다고 생각했던 모양이야.

물론 문을 발견한 게 무척이나 흥미로웠지. 마음속으로는 계속 그 생각을 하면서도 어쨌든 난 가던 길을 갔어. 날 가로막지는 않더라고. 문을 지나쳐 달리면서 시계를 빼어 들고 보니까 아직 십 분의 여유가 있었고, 언덕을 내려가니 익숙한 길이 나왔어. 학교에 도착했을 땐 땀에 흠뻑 젖어서 숨을 몰아쉬었어, 진짜야. 그래도 제시간에 도착했지. 외투랑 모자를 걸었던 게 생각나……. 문 바로 앞을 지나쳐서 뒤로 하고 오다니. 이상하지, 안 그래?"

윌리스는 곰곰이 생각에 잠긴 채 나를 쳐다봤다.

"물론 그때는 문이 항상 거기에 있는 게 아니라는 걸 몰랐지. 어릴 때는 생각에 한계가 있잖아. 문이 거기에 있고, 거기로 돌아가는 길도 알고 있다는 게 정말이지 유쾌한 일이라고 생각했겠지만, 학교가 내 발목을 잡은 거지. 곧 재회하게 될 그 멋지고도 특이한 사람들이 어땠는지를 생각하느라 그날 아침에 상당히 정신이 산만하고 주의력이 없었을 거야. 정말 이상하게도 그 사람들이 나를 보고 기뻐할 거라고 확신했어……. 그래, 그날 아침에 나는 그 정원이 고단한 학교생활 중간중간에 와서 기댈 수 있는 즐거운 장소라고 생각했던 것 같아.

그날에는 가 보지 않았어. 다음날이 반휴일이어서 부담이 됐었나 봐. 정신이 없어서 부담도 되고 길을 돌아갈 시간이 없다고 단정지었던 것 같아. 분명한 건, 그러면서도 마법의 정원이 계속 생각나서 말하지 않고는 배길 수 없었다는 거야.

결국 털어놨어. 그 애 이름이 뭐였더라? 우리가 주정뱅이라고 부르던, 흰족제비처럼 생긴 애 말이야."

"영 홉킨스." 내가 대꾸했다.

"맞아, 홉킨스. 그 애한테 얘기하고 싶지는 않았어. 어쩐지 규칙을 어기는 듯한 기분이 들었거든. 그런데도 말했어. 나랑 집에 가는 방향이 같았거든. 걔가 말이 많아서, 마법의 정원 얘기를 하지 않으면 다른 얘기를 할 게 분명한데, 그때 나는 다른 생각은 하기도 싫었어. 그래서

실없이 불었지.

그런데 그 애가 내 비밀을 말하고 다닌 거야. 다음날 쉬는 시간에 덩치 큰 애들 대여섯 명이 내 주위로 모여들어서는, 몇 명은 놀리기도 했지만 다들 마법의 정원 이야기가 더 듣고 싶어서 안달이 났더라고. 덩치 큰 포셋도 있었어, 기억나? 카나비랑 몰리 레이놀즈도. 넌 그 자리에 없었지? 하긴, 네가 있었더라면 내가 기억했겠지…….

남자애들이란 이상한 생명체야. 난 내 자신이 역겨우면서도 덩치 큰 애들이 관심을 가져 주니까 조금 우쭐하기도 했어. 특히 크로셔, 크로셔 기억나? 작곡가 크로셔의 아들 말이야. 그 애가 평생 들은 것 중 최고의 거짓말이라면서 칭찬해 주는 걸 듣고 기분 좋아하던 순간이 기억나. 그런데 동시에, 내가 정말로 신성하게 여겼던 비밀을 말했다는 수치심이 역류하면서 속이 쓰리더라고. 그 거지 같은 포셋이 초록문에서 만난 여자애를 두고 농담을 하는데……"

수치스러웠던 기억이 파고들면서 월리스의 목소리가 잦아들었다. 그러더니 다시 말을 이었다.

"안 듣는 척했어. 그런데 카나비가 갑자기 나더러 거짓말쟁이 꼬맹이라고 하더니, 내가 진짜라고 하니까 따지고 들더라고. 나는 초록문이 어디 있는지 아니까 너네 전부 십 분 안에 데려갈 수 있다고 했지. 카나비가 웃기지도 않게 독선적으로 굴면서 내 말이 사실이 아니면 알아서 하라고 말했어. 카나비한테 팔 비틀기 당해 봤어? 당해 봤으면 내가 어떻게 했을지 이해하겠지. 난 내 말이 사실이라고 맹세했어. 크로셔가 한두 마디 나를 거들기는 했지만, 불쌍한 녀석을 카나비에게서 구해 줄 사람은 아무도 없었어. 카나비가 사냥감을 물었던 거지. 나는 흥분돼서 귀가 달아올랐고 약간 겁나기도 했어. 너무 멍청하게 처신하는 바람에, 마법의 정원에 나 혼자가 아니라 호기심에 들떠서 날 조롱하기도 하고 협박하기도 하는 학교친구들 여섯 명까지 데려가야 했던 거야. 두 뺨은 벌개지고 귀는 뜨겁고 눈이 얼얼해서는 마음속이 절망과 수치심으로 타오른 채로 말이지.

하얀벽이랑 초록문은 찾지 못했어……."

"그 말은……?"

"말 그대로 찾지 못했어. 찾을 수 있었다면 찾았겠지."

"그 뒤로 혼자 가 봤는데도 못 찾았어. 아예 못 찾았지. 그 시절 내내 초록문을 찾아다녔던 것 같은데, 한 번도 본 적이 없어. 단 한 번도."

"친구들은, 어떻게 됐어?"

"고약했지……. 카나비는 내가 고의적으로 거짓말했다고 회의까지 열었다니까. 울어서 눈 부은 걸 숨기려고 집에 몰래 들어가서 위층으로 올라갔던 게 기억나. 하지만 내가 지쳐서 잠이 들 정도로 울었던 건 카나비 때문이 아니라 정원, 내가 바랐던 그 아름다운 오후, 상냥하고 친근한 사람들과 날 기다리는 친구들, 내가 그토록 알고 싶어 했던 놀이, 잊어버린 그 굉장한 놀이 때문이었어…….

난 확신했어. 말하지만 않았더라도……. 어쨌든 그 후로 안 좋은 시기를 보냈지. 밤에는 울고 낮에는 부질없는 공상이나 하고. 두 학기 동안 바람 빠진 풍선처럼 지내는 바람에 성적도 떨어졌지. 기억나? 당연히 기억나겠지! 너였잖아, 네가 수학에서 날 앞지른 이후로 내가 다시 공부벌레가 된 거니까."

III.

내 친구는 한동안 가만히 새빨간 불씨만을 응시했다. 그러더니 말을 꺼냈다.

"열일곱 살이 되어서야 다시 볼 수 있었어.

세 번째로 불쑥 나타난 거지. 옥스포드 대학교 장학금 면접을 보러 패딩턴에 가는 길이었어. 순간 흘끗 봤지. 이륜마차 덮개에 기대서 담배를 물고는 나도 참 산전수전 다 겪었다고 생각하고 있는데, 그 문이, 벽이 나타난 거야. 소중한 느낌을 지닌, 기억에 선명한 그것들을 또 볼 수 있었던 거야.

달그닥거리면서 지나갔어. 어찌나 놀랐는지 벽을 지나치고 모퉁이를 돌고 나서야 마차를 세웠어. 내 의지가 양갈래로 나뉘어서 움직이는, 기묘한 순간이 왔어. 마차 지붕에 달린 조그만 문을 두드리고는 팔을 내려 시계를 꺼냈지. 마부가 힘차게 대답했어. '넵!' 난 외쳤어. '아, 어, 아무것도 아닙니다. 잘못 알았네요! 시간이 없으니 계속 가 주세요!' 그렇게 마차는 가던 길을 갔지…….

난 장학금을 받았어. 그날 밤 아버지 집 위층 내 방, 내 서재에서 화롯가에 앉아 아버지께 칭찬을 들었지. 칭찬하시는 법이 좀처럼 없었는데 말야. 아버지가 하시는 실질적인 조언이 귓가에 맴도는 동안, 나는 사춘기 학생한테는 어마무시한 불독 담배를 (내가 제일 좋아하는 담배였는데) 피우면서 길게 이어진 벽에 난 그 문을 떠올렸어. 생각했지. '멈췄더라면 장학금을 놓쳤을 거고, 옥스포드에 들어가지 못했을 거고, 내 앞에 놓인 완벽한 길이 엉망이 됐겠지! 상황을 더 현명하게 보기 시작했구나!' 깊은 사색에 잠기기는 했지만 보장된 앞길에는 마땅히 희생이 따른다는 생각에는 한 치의 의심도 없었어.

그 정겨운 친구들하며 맑은 공기가 내게는 정말로 달콤하고 더없이 완벽했지만 멀게 느껴졌어. 나는 이제 세상을 붙잡고 있었지. 또 다른 문이 열리는 게 보였어, 탄탄대로로 향하는 문이."

윌리스는 다시 화로를 응시했다. 불빛이 일렁이는 순간 윌리스의 고집스럽고도 강직한 얼굴이 선명히 드러났다가 이내 자취를 감췄다.

윌리스는 한숨을 내쉬었다.

"뭐, 난 그 길을 걸었어. 열심히, 정말 열심히 했지. 하지만 마법의 정원이 나오는 꿈을 수천 번은 꿨어. 그 후에도 초록문을 마주치거나 흘끔 본 게 네 번이야. 그래, 네 번. 그맘때는 이 세상이 너무 밝게 빛나고 흥미롭고 의미와 기회로 가득 찬 것처럼 보였기 때문에 그에 비하면, 반쯤 지워진 정원의 매력은 잔잔하니 먼 존재였지. 아름다운 여성들, 지체 높은 사람들과 식사하러 가는 길인데 표범 머리나 쓰다듬어 주고 싶어 하는 사람이 어디 있겠어? 난 옥스포드에서 나와 런던으로 진출했어. 전도 유망한 젊은이였지. 그 가능성을 이루려 뭔가를 했던 거고. 뭔가를 말이야, 하지만 실망스러운 점도 있었지…….

두 번 사랑에 빠졌었지. 길게 얘기하지는 않겠지만, 한 번은 내가 자기한테 배짱 좋게 올 수 없을 거라고 의심하는 사람을 찾아가려고 얼 코트 근처의 몇 번 가 보지 않은 지름길로 모험 삼아 들어섰는데, 하얀벽하고 그 익숙한 초록문이 있는 거야. '이상하네! 이게 캠든 언덕에 있는 줄 알았는데. 스톤헨지 수를 세는 것만큼이나 찾기 불가능했던 곳이잖아. 그 이상했던 백일몽의 장소.' 이렇게 생각하고는 내 의지대로 지나쳤어. 그날 오후에는 끌리지 않았거든.

그래 봤자 세 걸음만 가면 되는데 한번 열어나 볼까 하는 충동이 순간 일었어. 문이 열릴 거라고 마음속으로 확신하고 있었거든. 그런데 문을 열어 보면 내 명예가 달린 약속에 늦을 거라는 생각이 들었지. 나중에는 시간을 지켰던 게 후회되더라고. 잠깐 고개라도 들이밀고 그 표범들에게 손이라도 흔들어 줬더라면 어땠을까. 찾는다고 해서 찾을 수 없는 문이니, 뒤늦게 찾아봤자 소용없다는 걸 이때쯤엔 알고 있었거든. 그래, 그땐 확실히 후회했지…….

그 후로 몇 년을 열심히 살았고 문은 보지 못했어. 문이 다시 날 찾아온 건 최근이야. 문을 보고 나니 내 세상의 오점이 점점 커지고 있다는 기분이 들었어. 그 문을 다시는 못 볼 거라니, 너무 슬프고 비참하다는 생각이 들기 시작했지. 과로 때문일지도 모르지. 흔히들 말하는 오춘기인 걸 수도 있고. 모르겠어. 어쨌든 원래는 힘든 일도 수월하게 할 만큼 명민했는데 최근 들어서는 그렇지가 않아. 새롭게 정치적으로 발전하려면 열심히 일해야만 하는 시기인데 말이지. 이상하지, 안 그래? 요즘은 인생이 고달파 보이고 바라던 목표도, 거의 다 왔는데 말이야, 다 천박해 보여. 얼마 전부터는 지독히도 그 정원을 원해. 그래, 세 번을 봤는데."

"정원 말이야?"

"아니, 문 말이야! 그런데도 안 들어갔어!"

월리스는 탁자 너머 내 쪽으로 기댄 채, 짙은 슬픔이 밴 목소리로 말하기 시작했다.

"세 번이나 기회가 있었어, 자그마치 세 번! 그 문이 한 번만 더 나타난다면, 맹세하는데 이 과열된 먼지구덩이에서, 이 덧없고 메마른 광채에서, 이 고된 무상함에서 벗어나 거기로 들어갈 거야. 들어가서 다시는 나오지 않을 거야. 이번에는 그곳에 머물 거야……. 이전에도 맹세는 했지만, 기회가 왔는데 들어가지 않았지.

일 년에 세 번이나 그 문을 지나쳤는데 들어가지 않았어. 작년에만 세 번을.

첫 번째는 정부가 세 표 차로 간신히 이겼던 세입자 변제 법안을 두고 표결이 있던 밤이었어. 기억나? 반대편에서도 마찬가지였겠지만, 우리 사람들 아무도 그날 밤에 끝을 볼 거라고는 기대도 안 했어. 토론이 달걀껍질처럼 부서졌지. 나랑 호치키스는 그 사람 사촌이랑 함께 브렌트포드에서 저녁을 들고 있었어. 둘 다 짝이 없었던 차에 전화로 호출을 받아서, 호치키스 사촌의 자동차를 타고 함께 출발했지. 간신히 제시간에 도착은 했는데, 가던 길에 그 벽과 문을 지나쳤어. 달빛 아래여서 검푸른 데다 자동차 불빛 때문에 샛노랗게 얼룩지기는 했지만 틀림없었어. 소리쳤지. '이럴 수가!' 그랬더니 호치키스가 물었어. '왜 그러십니까?' '아무것도 아닙니다!' 그렇게 지나갔어.

들어가면서 원내 총무한테 말했어. '제가 큰 희생을 했습니다.' 그랬더니 이렇게 답하더군. '다들 그렇지 않습니까.' 그러고는 서둘러 들어가더라고.

달리 어떻게 할 수 있었을지는 모르겠어. 그다음은 우리 엄격하신 아버지 임종을 지키러 달려갈 때였어. 이번에도 인생에서 피할 수 없는 의무였지. 하지만 세 번째는 달랐어. 일주일 전이었거든. 생각만 하면 미치도록 통탄스러워. 거커, 랄프스와 있었어. 내가 거커랑 대화를 나눴다는 건 이제 비밀도 아니니까. 프로비셔에서 식사를 했는데, 이야기가 사적으로 흘러갔지. 재건된 내각에서 내 위치가 어떻게 될 것이냐가 늘 의논 거리였어. 그래, 그래. 다 해결됐지. 굳이 얘기할 필요는 없지만 자네한테 비밀로 할 이유도 없으니……. 그래, 고마워! 고마워! 하지만 일단 이야기부터 할게.

그날 밤에 많은 기운이 감돌았어. 내 자리가 불안정했거든. 거커에게서 확언을 받고 싶어서 안달이 나 있는데 랄프스가 있으니 방해가 되더라고.

너무 속보이게 내 얘기만 하지 않으면서 대화가 가볍고 자연스럽게 흘러가도록 머리를 최대한 굴리고 있었지. 그래야만 했어. 그 뒤에 랄프가 하는 행동을 보니 괜한 걱정은 아니었다 싶더라고…….

랄프스가 우리를 두고 켄싱턴 중심가를 떠나면 그때

내가 거커한테 솔직하게 나가려고 했지. 이런 사소한 장치에 의존해야 할 때가 있는 법이거든……. 그런데 그때 시야 언저리로, 저 앞에 하얀벽이, 초록문이 다시 한 번 보인 거야.

얘기하면서 지나갔지. 지나쳤어. 문을 지나치면서 거닐 때 나와 랄프스 그림자를 앞질러 간 그 거커의 뚜렷한 옆모습, 툭 튀어나온 코까지 기울어진 오페라모, 여러 겹으로 주름진 목도리가 아직도 눈에 선해.

문에서 한 걸음 지나쳤지. 난 생각했어. '저 사람들에게 잘가라고 인사한 다음에 문으로 들어가면, 무슨 일이 생길까?' 일단 난 거커와 말을 좀 나누고 싶어서 안달이 나 있었어.

다른 문제들이 얽혀 있는 통에 이 질문에 답할 수가 없었어. '나를 미쳤다고 생각하겠지. 내가 사라진다고 해 보자! 저명한 정치인이 그런 식으로 사라지다니!' 이 생각에 부담이 됐어. 믿을 수 없을 정도로 하찮은 수천 가지 속세의 것들이 그 위기에서 나한테 부담이 된 거라고."

월리스는 느닷없이 슬픈 미소를 지어 보이면서 느릿느릿 말을 이어 나갔다.

"난 여기 있지!"

"난 여기 있다고! 기회는 떠나갔어. 한 해에 세 번이나 문이 나타났는데. 평화로, 기쁨으로, 꿈을 넘어 아름다움으로, 이 세상 누구도 상상하지 못할 친절함이 있는 곳으로 이어지는 문인데. 그런데 내가 거절했어, 레드몬드. 이제 다 틀렸다고."

"다 틀렸는지 어떻게 알아?"

"알지. 알아. 난 이제 이걸 잊으려 노력해야 하고, 때가 왔을 때 날 강하게 붙들었던 것들이나 붙잡아야겠지. 자네는 내가 성공했다고 말하지, 이 저속하고, 번쩍거리는 싸구려에 짐만 될 뿐이지만, 남들이 부러워하는 그것 말이야. 이뤘지."

월리스는 커다란 손으로 호두를 쥐었다.

"그게 성공이라면 말이지만."

그러더니 호두를 부수고는 내가 볼 수 있게 내밀었다.

"뭐 하나 말해도 되지, 레드몬드. 이 상실이 나를 파괴하고 있어. 두 달 동안, 이제 거의 십 주가 되어 가지, 정말 급하고 필수적인 것 말고는 일을 전혀 못하고 있어. 후회가 내 마음을 가득 채워 가라앉힐 수도 없어.

밤이 되면, 눈에 띄지 않을 때를 골라서, 밖으로 나가.

돌아다니지. 그래. 사람들이 알면 뭐라고 생각할지 궁금하네. 한 나라의 각료가, 모든 부처에서도 가장 핵심적인 부처를 책임지는 우두머리가, 슬퍼하면서 어떤 때는 들릴 정도로 한탄을 하면서 홀로 떠돌아다닌다니. 문 때문에, 정원 때문에 말이야!"

IV.

약간 창백한 윌리스의 얼굴, 눈동자에 흐리게 비춰졌던 낯선 불씨가 눈에 선하다. 오늘 밤 윌리스가 손에 잡힐 듯 생생히 보인다. 그의 부고가 실린 지난 저녁 호 웨스트민스터 신문이 아직도 내 소파에 놓여 있다. 오늘 점심에 사교회는 그의 죽음으로 부산스러웠다. 다른 얘기는 나오지도 않았다.

윌리스의 시체는 어제 아주 이른 아침에 켄싱턴 동부 기차역 근처의 깊은 구덩이에서 발견됐다. 남쪽으로 이어지는 철도와 연결된 두 개의 수직통로 중 하나였다. 일반인이 들어가지 못하도록 큰길에 판자로 울타리를 쳐놨고, 그쪽에 사는 인부들이 편하게 드나들 수 있도록 울타리에는 작은 문이 나 있었다. 두 십장 사이에 오해가 있어 문을 걸어 놓지 않았고, 그 바람에 월리스가 들어갈 수 있었던 것이다…….

내 마음속은 온갖 의문점과 수수께끼로 어두워졌다.

월리스는 그날 밤 의회에서 나와 줄곧 걸었던 모양이다. 지난 회기에도 집까지 걸어가는 일이 많았다. 밤이 늦어 텅 빈 거리를, 옷을 단단히 껴입고 생각에 잠긴 채 걸어오는 어둑한 형체가 그려진다. 역 근처 흐릿한 전등 때문에 대충 세워 놓은 판자가 하얗다고 착각한 것일까? 열려 있는 바람에 죽음을 초래한 그 문이 어떤 기억을 일깨운 것일까?

벽에 난 초록문이 정말로 있기는 했을까?

나는 알지 못한다. 월리스에게 들은 대로 그의 이야기를 말한 것뿐이다. 드물지만 전례가 없지는 않은 환각과 무심코 놓인 덫이 빚어낸 우연에 그가 희생됐을 뿐이라는 생각이 들 때도 있지만 사실 정말로 그렇게 생각하지는 않는다. 내가 미신을 잘 믿는다고, 말하자면 바보 같다고 생각할 수도 있다. 하지만 나는 월리스가 보통과는 다른 재능이, 감각이 있어, 무엇인지 알 수는 없지만 벽과 문의 모습으로 나타나 훨씬 아름다운 또 다른 세계로 이어지는 비밀스럽고 특별한 탈출구를 본 것일 수도 있다는 쪽으로 생각이 기울었다. 어쨌든 결국에는 윌리스가 배신당하지 않았느냐고 반문하는 사람들도 있을 것이다. 하지만 정말로 윌리스는 배신당했을까? 이 부분에서 우리는 꿈꾸는 사람들, 환상과 상상 속에 사는 사람들의 내면에 담긴 불가사의에 닿는 것이다. 사람들은 이 세상을 평범하고 괜찮은 곳으로, 구멍이자 구덩이로 이해한다. 공공연한 기준에 따르면 윌리스는 안전을 벗어나 어둡고 위험한 죽음의 영역으로 걸어간 것이다.

하지만 윌리스의 생각도 그랬을까? ♧

눈먼 자들의 나라

침보라소에서 오백 여 킬로미터, 코토팍시의 설원에서 이백 여 킬로미터 떨어진 에콰도르 안데스의 황량하기 그지없는 황무지에, 인간들의 세상과 단절되어 신비에 둘러싸인 산골짜기가 있으니 그곳은 바로 눈먼 자들의 나라이다.

아주 오래전에는 세상에 열려 있던지라 사람들이 마음만 먹으면 무시무시한 협곡과 꽁꽁 언 길을 타고서라도 기후가 한결같은 이 목초지에 올 수 있었다.

실제로 페루 혼혈인 가족이 사악한 스페인 통치자의 욕망과 폭정에 못 이겨 도망쳐 오기도 했다. 얼마 후 민도밤바가 거대한 폭발을 일으키면서 키토는 열이레 동안 밤이었고 야구아치의 물이 펄펄 끓어 물고기가 죄다 죽은 채로 과야킬까지 떠내려갔다.

태평양 비탈이 전부 산사태가 일어나고 휘몰아치듯 융해되면서 홍수가 났고, 옛 아라우카 산마루의 한쪽이 통째로 천둥소리를 내며 무너졌다. 이 때문에 눈먼 자들의 나라에는 탐험의 발길이 영영 끊겼다. 하지만 초기에 정착했던 한 사람은 천지가 격렬히 요동칠 당시 뜻하지 않게 협곡의 이쪽에 있었고, 이로써 부득이하게 아내와 아이들이며, 친구들, 재산을 전부 그곳에 남겨두고 아래 세계에서 새롭게 살아나갈 수밖에 없었다. 하지만 어떻게든 살아보려 했으나 느닷없이 눈이 멀었고, 광산에서 혹사당하다가 죽고 말았다. 하지만 그가 들려준 이야기는 오늘날까지 안데스의 코르딜레라스 산맥에 전설로 남아 있다.

그는 어렸을 때 라마에 묶여 거대한 짐짝과 함께 실려가 정착했던 그 안전한 보루에서 나와 위험을 무릅쓰고 세상에 돌아온 이유를 말해 줬다. 그의 말에 따르면 그 산골짜기에는 인간이 바랄 만한 것은 전부 있었다고 한다.

달콤한 물과 목초지가 있고 심지어 기후까지 알맞아 비옥한 땅에는 굉장히 맛좋은 열매가 맺힌 덤불이 엉겨 있었고 한쪽에는 거대한 소나무숲이 있어 사태를 든든히

막아 줬다. 삼면을 둘러싼 광활한 녹회색 절벽 저 꼭대기는 눈으로 덮여 있었다. 빙하 하천은 이쪽이 아니라 저 면 비탈을 따라 흘러갔으며 골짜기에는 거대한 얼음덩어리가 가끔 떨어질 뿐이었다.

이 골짜기에는 눈도 비도 오지 않았지만 넘쳐흐르는 샘물 덕분에 목초지가 늘 푸르렀고, 샘물은 골짜기 구석구석 어디에나 있었다. 사람들은 그곳에 정착해 정말로 잘살았다. 가축도 점점 수가 늘었다. 그들의 행복을 막는 것은 단 하나뿐이었다. 하지만 이 하나의 영향이 막대했다.

이상한 질병이 퍼져, 이주해 온 아이 몇 명과 그곳에서 태어난 아이들 모두가 앞을 볼 수 없게 된 것이다. 이야기를 들려준 사람이 피로와 위험을 안고 골짜기에서 내려온 이유는 장님이 되는 전염병을 낫게 할 주문이나 해독제를 찾기 위해서였다. 그 당시에는 전염병이 돌면 사람들이 세균이나 감염이 아닌 죄를 원인으로 생각했다.

그는 골짜기로 이주한 사람들 중 성직자가 없었기에 정착하자마자 신전을 짓지 않았고, 그 탓에 병이 도는 것이리라고 생각했다. 그래서 저렴하면서도 번듯하고 효험 있는 성골함을 골짜기에 세우고 싶어 했다. 성유물,

아니면 성유물처럼 믿음이 담긴 용한 물건이나 축복받은 물건, 신비한 메달이나 기도문을 원했던 것이다. 그의 지갑에는 처리할 생각이 없어 보이는 자연은괴가 들어 있었다.

거짓말에 서툰 듯한 그는 이제 골짜기에는 은괴가 남아 있지 않다고 했다. 골짜기에서는 보물이 필요하지 않으니 사람들이 돈과 장신구를 십시일반 모아, 질병을 고칠 수 있을 신성한 무언가를 사려고 했다는 것이다.

흐리멍텅한 눈을 해 가지고 볕에 그으른 얼굴은 수척하며 근심이 가득해 모자챙을 꽉 부여잡고 있는 이 젊은 산지주민, 아래쪽 세계의 방식을 너무나 모르는 이 사람이 예리한 눈빛의 신중한 성직자에게 이 이야기를 해 주고는 크게 경련을 일으켰을 모습이 눈에 선하다.

병을 고쳐 줄 경건한 묘약을 가지고 돌아갔다가 한때는 골짜기였지만 이제는 무너져 있는 황무지를 마주하고는 경악했을 모습을 그려 볼 수 있다. 하지만 이 불운한 이야기에 대해 나는 그가 몇 년 후에 흉하게 죽음을 맞이했다는 것 말고는 더 이상 아는 바가 없다. 그 먼 곳에서 와 떠돌다 간 인생이라니! 골짜기를 이루었던 물길은 이제 바위동굴의 입구에서 뿜어 나오고, 간신히 전해진 그의 안타까운 이야기는 점점 살이 붙어, '저기 어딘가'에 있는 맹인 종족의 전설이 되어 오늘날까지 전해진다.

이제는 고립되어 잊힌 골짜기 주민들 사이에서는 병이 자연스레 퍼졌다. 늙은 사람들은 시력이 흐려져 손으로 더듬어 가며 살게 됐고, 젊은이들은 앞이 아주 흐릿하게만 보였으며, 그곳에서 태어난 아이들은 앞을 전혀 보지 못했다. 하지만 세상과 단절된 채 언저리에 눈이 쌓인 분지로, 가시도 들장미도 없고, 처음에 올 때 물 마른 강둑을 따라 앞서거니 뒤서거니 하며 짐을 실어 데려온 온순한 라마를 제외하고는 짐승도 해충도 없는 곳이었던 터라 매우 순조롭게 살아 나갈 수 있었다.

앞이 보이던 사람들은 시력이 흐려지는 속도가 매우 느렸기에 거의 알아차리지도 못했다. 이들은 앞을 볼 수 없는 젊은이들이 골짜기 전체를 놀랄 만큼 잘 익힐 수 있게 여기저기 데리고 다녔고, 마침내 시력이 완전히 사라졌을 때도 이 종족은 곧잘 살아 나갔다. 시간이 흐르면서, 돌화로에 조심스레 지펴 놓은 불씨를 통제하는 법도 터득했다.

처음에 이곳 사람들은 스페인 문명에 살짝만 물들어 글도 읽지 못하는 단일종족이었지만 옛 페루의 전통인

문과 이제는 잊힌 페루의 철학만은 간직하고 있었다. 세대는 세대를 낳았다. 많은 것을 잊었고 많은 것을 만들어 냈다. 예전에 살았던 더 큰 세상의 전통은 그럴 듯한 신화 속 존재, 불확실한 존재가 되었다. 시력을 제외한 모든 면에서 그들은 강하고 유능했으며, 독창적이고 말과 설득에 능한 사람이 대를 이었다. 두 세대가 그들의 문화유산을 남기고 흘러가면서, 작은 사회는 크기도 앎도 커졌고 사회적, 경제적 문제들이 생기면 해결하기도 했다.

세대는 세대를 낳았다. 세대는 세대를 낳았다. 신의 도움을 구하러 은괴를 가지고 골짜기를 나섰지만 다시는 돌아오지 못했던 조상의 15대손이 태어났다. 그 무렵 한 남자가 바깥세계에서 이 사회로 들어오는 일이 벌어졌다. 그리고 이것은 그 남자의 이야기이다.

그는 키토에 인접한 나라의 산지주민으로, 바다에도 나가 보고 세상도 겪어 봤으며 훌륭한 방식으로 책을 읽을 줄 아는, 영민하고 모험심 많은 사람이었다. 한 영국인 무리가 산을 타기 위해 에콰도르까지 왔는데 스위스인 길잡이 세 명 중 한 명이 건강이 악화되는 바람에, 그가 자리를 채우게 됐다.

그는 여기도 오르고 저기도 오른 후에 안데스 마테호

른 산의 파라스코토페틀을 오르다가 바깥세계와 헤어졌다. 이 사고 이야기는 수차례 기록됐다. 그중에서도 육군 생도의 서술이 으뜸이다. 생도는 작은 등반대가 거의 수직에 가까운 길을 어렵사리 올라 가장 거대한 마지막 벼랑 기슭에 도착한 이야기, 눈 쌓인 편평한 바위에 밤 사이 몸 뉘일 곳을 마련했던 이야기, 특히 머지않아 누네스의 실종을 발견한 대목을 실로 극적으로 서술한다. 소리를 쳐 봤지만 대답이 없었다. 소리도 치고 휘파람도 불어 봤고, 그렇게 그날 밤을 뜬눈으로 지새웠다.

아침이 밝아 오자 누네스가 추락한 흔적이 보였다. 떨어지면서 소리 한 마디 내지 못했을 것 같은 광경이었다. 누네스는 산에서도 사람들이 알지 못하는 방향인 동쪽으로 미끄러졌다. 한참 아래로 떨어지다가 가파른 설원에 닿았고, 눈사태 한가운데서 길을 파헤쳐 나갔다.

그의 흔적은 무시무시한 낭떠러지 끝으로 곧장 이어져 있었고 그 너머로는 아무것도 보이지 않았다. 등반대 사람들은 거리를 헤아릴 수도 없는 한참, 한참 아래로, 나무가 솟아 있는 좁고 꽉 막힌 골짜기 눈먼 자들의 나라를 보았다. 하지만 사람들은 그게 세상에 잊힌 눈먼 자들의 나라라는 것을 알지 못했고, 고지대 골짜기에 난 또 다른 좁은 맥이라고만 생각했다.

이 재난에 불안해진 사람들은 오후가 되자 등반을 포기했고, 육군 생도는 전쟁에 불려가 또다시 공격에 가담했다. 아직까지도 파라스코토페틀은 사람들의 발길이 닿지 않은 산마루를 이고 있으며, 생도가 만들었던 쉼터는 아무도 발을 들여 보지 못하고 눈 속에서 허물어졌다.

그리고 추락했던 사람은 살아남았다.

그는 비탈에서 삼백 미터를 떨어진 끝에 아까의 벼랑보다 더 가파른 눈구름 속 눈비탈에 닿았다. 그 아래에서 그는 기절해 의식불명이 된 채로 마구 굴렀지만 뼈 하나 부러지지 않았다. 그러다가 마침내 경사가 조금 완만한 비탈에 이르러 조금 구르다가 멈췄고, 내내 함께했기에 무사할 수 있었던 푹신하고 거대한 하얀색 더미에 푹 파묻혔다.

의식이 희미했던 그는 자신이 병상에 누워 있다고 착각했다. 그러다가 이내 산지주민의 감각으로 자신이 어디에 있는지 깨닫게 됐고 몸을 움직여 자리를 만들었다. 조금 쉬고 나니 별이 보였다. 잠시 엎드려 쉬면서 자신이 어디에 있으며 무슨 일이 일어난 것인지 곰곰히 생각했다. 팔다리를 움직여 보다가 몸을 훑어보니 단추 몇 개가 사라졌고 외투는 머리 쪽으로 뒤집혀 있었다. 주머니에 들어 있던 칼이 사라졌으며 턱 아래로 묶어 놨던 모자도 없어졌다. 쉼터의 벽으로 올릴 돌을 찾고 있었다는 게 생각났다. 얼음도끼도 사라져 있었다.

추락한 게 틀림없다고 확신한 그는 자신이 했을 어마어마한 비행을 올려다봤고, 그 광경은 때마침 떠오르는 어스름한 달빛 때문인지 더욱 과해 보였다. 그는 잠시 동안 누워서, 서서히 가라앉는 어둠 사이로 저 광대하고 파리하게 우뚝 솟은 절벽이 시시각각 드러나는 모습을 멍하니 응시했다. 절벽이 지닌 환영과도 같은 신비한 아름다움에 한순간 붙들렸다가 이내 발작적으로 껵껵 웃어댔다.

시간이 꽤 지나고 나서야 여기가 설원의 아래쪽 언저리라는 사실을 알게 됐다. 달빛을 받고 있는, 어쩌다 내려오게 된 비탈 아래로, 돌에 뒤덮인 잔디의 어둑한 형체가 드문드문 보였다. 그는 겨우 일어서서 사지 관절 마디마디에 통증을 느끼며 주위에 쌓인 성긴 눈을 힘겹게 헤쳐 아래쪽으로 내려가 잔디에 도달했고, 잔디 위 반들반들한 바위 옆에 누웠다기보다는 쓰러진 채로 안쪽 주머니에서 물병을 꺼내 죽 들이키고는 이내 잠들었다.

그는 저 아래 나무에서 들려오는 새소리에 잠이 깼다.

일어나 앉아 보니, 눈과 함께 굴러떨어졌던 거대한 벼랑의 기슭에 위치한 작은 산이었다. 반대편에는 또 다른 암벽이 하늘을 등지고 우뚝 솟아 있었다.

이 벼랑들 사이에 끼어 동서로 나 있는 협곡은 아침 햇빛을 담뿍 받고 있었고, 햇빛은 특히나 협곡의 서쪽을 가로막는 거대한 산을 비추고 있었다. 아래를 보니 매한가지로 가파른 낭떠러지인 듯했지만 협곡의 설원 뒤쪽에는 눈 녹은 물이 뚝뚝 떨어지는 갈라진 침니가 있어 절박한 사람이라면 도전해 볼 만했다.

그는 보기보다 쉽게 내려가 또 다른 황량한 산에 닿았고, 거기서 딱히 어렵지 않게 암벽을 등반해 경사가 가파른 숲에 도달했다. 위치를 파악한 뒤 협곡을 올려다 보니 협곡이 넓게 벌어진 아래쪽으로 푸른 목초지가 있었고, 그곳에는 생소한 모양의 돌오두막 무리가 꽤 뚜렷하게 보였다.

그가 벽을 따라 기어올라가듯 나아가고 있는데, 얼마쯤 시간이 지나자 더 이상 협곡에는 해가 들지 않고 새소리도 잦아들었으며 주위 공기마저 점점 차고 어두워졌다. 그래서인지 집이 늘어서 있는 먼 골짜기가 더욱 밝아 보였다.

그는 곧 애추에 도달했고, 관찰에 뛰어난 덕에 바위 틈에 초록 손을 지탱해 꽉 매달려 있는 익숙지 않은 고사리과 식물을 발견했다. 그걸 한두 개 따서 줄기를 갉아먹으니 제법 그럴듯했다.

정오쯤 드디어 협곡의 입구를 빠져나와 햇살이 비추는 평지에 도달했다. 몸이 지치고 뻣뻣해진 터라, 바위 그늘에 앉아서 샘물을 물병에 가득 담아 들이켰고 그렇게 잠시 쉬다가 다시 집 여러 채가 보이는 곳을 향해 나아갔다.

그가 보기에 집은 굉장히 이상했고 골짜기의 다른 모든 것들도 더욱 요상하고 낯설었다. 골짜기에 우거져 있는 푸른 목초지는 굉장히 세심하게 물이 대어져 아름다운 꽃이 만발했고, 한 뙈기 한 뙈기 체계적으로 경작한 흔적이 남아 있었다.

벽 하나가 골짜기를 높게 둘러싸고 있었고, 수로처럼 보이는 것에서 목초지까지 물이 졸졸 흘러갔다. 위로 보이는 더 높은 비탈에서는 라마 무리가 얼마 없는 풀을 뜯어먹고 있었다.

라마 우리이자 사료 주는 곳으로 보이는 헛간이 경계

벽 여기저기에 세워져 있었다. 관개 개울은 골짜기 중앙에서 하나의 중심 수로로 합쳐졌고 이 수로의 한쪽은 가슴 높이의 벽으로 둘러싸여 있었다. 이 외딴곳은 관개시설로 인해 도시의 특징을 띠었고, 질서정연하게 난 길은 검고 하얀 돌로 포장된 데다 신기하게 생긴 작은 연석으로 마감 처리마저 되어 있는 것이 완연한 도시의 것이었다.

중앙마을의 집들은 흔히 산촌에서 아무렇게나 뒤죽박죽 지은 집합체와는 달랐다. 놀랄 정도로 깨끗한 중앙도로의 한쪽으로 늘어서 있는 집들은 얼룩덜룩한 정면에 문이 하나 나 있을 뿐 어느 쪽에도 창문은 보이지 않았다. 벽은 어디는 회색, 어디는 칙칙한 색, 또 어디는 청회색이나 진갈색 회반죽으로 칠해 놓아 심각하게 불규칙했다.

이 모험가가 조잡한 회반죽칠을 보고 처음 떠올린 단어는 '맹인'이었다. '저걸 칠한 양반은 누군지 몰라도 박쥐만큼 눈이 어두운 게 분명하구만.'

그는 가파른 곳을 내려가, 골짜기를 둘러싼 벽과 수로에 다다랐다. 수로에서 가는 폭포 줄기가 파르르 흘러나와 골짜기 깊은 곳까지 채우고 있었다. 목초지의 조금 먼

곳에는 낮잠이라도 자는 듯 풀 더미에 누워 있는 사람들이 꽤 많이 보였고, 마을 가까운 곳에는 아이들이 누워 있었으며, 더 가까이로는 경계벽에서 시작되어 집까지 이어지는 작은 길을 따라 남자 세 명이 멍에에 양동이를 지고 걸어가고 있었다. 이 사람들은 라마 울로 만든 옷에 가죽 신발을 신고 가죽 벨트를 차고 있었으며 뒤쪽이 길고 귀덮개가 달린 모자를 쓰고 있었다.

일렬종대로 서서는 밤이라도 샌 것처럼 하품까지 해가며 느릿느릿 걷고 있었다. 누네스는 그들의 태도에서 여유만만하고 존경스러운 구석을 보고 안심했는지 머뭇거리는 것도 잠시, 바위에 딱 자리를 잡고 서서 골짜기에 울려퍼질 만큼 목청껏 소리를 질렀다.

세 남자는 걸음을 멈추고 주위를 둘러보는 듯 고개를 움직였다. 그들이 고개를 이쪽저쪽으로 돌리는 걸 보고 누네스가 크게 몸짓했다. 하지만 큰 몸짓에도 그들은 누네스를 보지 못하는 것 같았고 얼마 후에는 멀리 산들이 있는 오른쪽으로 돌아서더니 대답하듯이 소리쳤다. 누네스도 다시 고함을 지르고 한 번 더 지른 후에 몸짓을 했지만 소용이 없었다. 그때 '맹인'이라는 단어가 눈앞에 떠올랐다.

"저 치들 눈이 먼 게 틀림없네."

누네스가 그렇게 한참 소리를 지르고 열을 낸 후에 작은 다리로 개울을 건너고 벽에 난 문으로 들어가 세 사람에게 다가가 보니 그들은 맹인임이 확실했다. 이곳이 전설에 나오는 눈먼 자들의 나라라는 것도 확실했다.

확신이 샘솟으면서, 선망의 대상이 되는 위대한 모험을 하고 있다는 자부심이 느껴졌다. 세 사람은 나란히 서서 누네스를 쳐다보지는 않고 귀를 쫑긋 기울여 낯선 걸음 소리로 누네스를 판단했다. 살짝 겁먹은 사람처럼 서로 붙어 서 있는 그들은 눈꺼풀이 닫혀 있고 그 아래에 있는 눈알은 쪼그라든 것처럼 움푹 꺼져 있었다. 얼굴에는 경외에 가까운 표정이 서려 있었다.

한 명이 알아듣기 힘든 스페인어로 말했다.

"사람, 이건 사람이야—사람 아니면 영혼이 바위에서 내려왔어."

하지만 누네스는 막 삶에 접어든 젊은이의 당당한 발걸음으로 나아갔다. 사라진 골짜기와 눈먼 자들의 나라에 대한 옛이야기가 전부 생각나면서 격언 하나가 후렴구처럼 머릿속을 맴돌았다.

"눈먼 자들의 나라에서는 외눈박이가 왕이다."

"눈먼 자들의 나라에서는 외눈박이가 왕이다."

누네스는 매우 예의 바르게 인사를 건넸다. 그리고 그들과 대화하며 눈을 활용했다.

한 명이 물었다.

"저건 어디서 온 걸까, 페드로 형제?"

"바위에서 내려온 거야."

누네스가 답했다.

"산을 넘어서 왔습니다. 저 너머 나라에서요. 눈이 보이는 사람들이 사는 곳이죠. 보고타 근처인데, 수만 명의 사람들이 살고 시야에 다 차지도 않을 만큼 뻗어 있는 도시입니다."

페드로가 웅얼거렸다. "시야라니? 시야?"

두 번째 맹인이 말했다. "바위에서 왔다니까."

그들의 외투는 저마다 바느질이 다른 것이 신기하게 만들어진 옷이었다.

그들이 동시에 이쪽으로 움직이는 바람에 누네스가 화들짝 놀랐다.

셋 다 한 손을 뻗었던 것이다.

누네스는 손가락을 피해 뒷걸음질쳤다.

세 번째 맹인이 누네스의 움직임에 귀 기울여 그를 꽉

잡으며 말했다.

"이리 와."

그렇게 세 사람은 누네스를 붙들고 한 마디도 꺼내지 않은 채 그를 느꼈다.

"살살 해요."

누네스는 그들의 손가락에 눈을 찔려 울부짖다가 파르르 떨리는 뚜껑이 달린 자신의 장기를 두고 저 사람들이 기이하게 생각한다는 사실을 알았다. 그들은 계속해서 눈을 만졌다.

페드로라는 사람이 말했다.

"이상한 창조물이야, 코레아. 머리카락 거친 것 좀 만져 봐. 라마털 같다고."

코레아가 부드럽고 촉촉하기까지 한 손으로 누네스의 깎지 않은 턱수염을 어루만지며 말했다.

"자기를 낳은 바위처럼 거치네. 점점 부드러워지겠지."

누네스는 살살이 만져 보는 손길 아래로 몸부림쳤지만 그들에게 단단히 붙잡혀 있었다.

또 한 번 말했다.

"살살 해요."

세 번째 맹인이 말했다.

"말을 하네. 사람인 게 확실해."

"윽."

누네스가 걸친 외투의 거친 촉감에 페드로가 낸 소리였다.

"세상에 온 건가?"

"세상 밖으로 온 거죠. 산을 넘고 빙하를 넘어서요. 저 위 바로 저기에, 태양으로 가는 길 도중에 있어요. 아주 커다란 세상이에요. 바다까지 나가려면 열이틀은 걸리죠."

그들은 누네스의 말에 귀 기울이지 않는 것 같았다. 코레아가 말했다.

"선조들께서 인간이 자연의 힘으로 만들어졌을 가능성이 있다고 말씀하셨지. 이건 따뜻하고 습기가 있고, 썩었어. 썩었다고."

페드로가 말했다.

"어르신들께 데려가자."

코레아가 대꾸했다.

"일단 소리부터 질러. 아이들 놀라지 않게. 믿기 힘든 일이잖아."

세 사람이 소리를 친 후에 페드로가 앞장서서 누네스의 손을 잡고 마을로 이끌었다.

누네스가 손을 뺐다.

"보이니까 안 잡아도 돼요."

"보인다?" 코레아가 말했다.

"네, 보여요."

누네스는 대꾸를 하고 코레아 쪽으로 돌아서다가 페드로의 양동이에 걸려 비틀거렸다.

세 번째 맹인이 말했다.

"감각이 아직 불완전한가 봐. 비틀거리잖아. 의미 없는 말도 하고. 손잡고 이끌어 줘."

"원하시는 대로." 누네스는 인도를 받으며 웃음을 터트렸다.

그들은 시력에 대해서는 아는 바가 없는 듯했다.

뭐, 다 때가 되면 가르쳐 줄 수 있을 테니.

고함 소리가 들렸고 마을 한복판에 사람들이 우르르 몰려 있었다.

눈먼 자들의 나라 주민들과의 첫 대면은 생각했던 것보다 더 부담스럽고 인내심을 요하는 일이었다. 가까이 와 보니 마을은 더 컸고 뒤죽박죽 회반죽칠은 더 기이해 보였다.

아이들, 남자, 여자(누네스가 기쁘게 기록한 점으로, 여자와 소녀들은 눈이 푹 꺼져 감겨 있었는데도 얼굴이 꽤 예쁘장하게 생겼다) 할 것 없이 주위로 몰려들어서 누네스를 잡고는 부드럽고 민감한 손으로 만져 보고, 냄새를 맡고, 누네스가 말을 할 때마다 귀 기울였다. 하지만 아가씨와 아이들은 겁먹은 듯이 거리를 뒀는데, 그도 그럴 것이 주민들의 부드러운 목소리와 비교했을 때 누네스의 목소리는 거칠고 사나웠다.

주민들은 누네스에게 떼지어 몰려들었다. 세 명의 인도자들은 소유권이라도 있다는 듯 그에게 바짝 다가섰고, 거듭 이렇게 말했다.

"바위에서 나온 야생인간이야."

누네스가 말했다.

"보고타, 보고타라고요. 산마루 너머에 있어요."

페드로가 말했다.

"야생인간이라 그런지, 말도 야생이야. '보고타'라고 하는 거 들었어? 마음이 아직 잘 형성되지 않은 거야. 말을 막 시작한 거지."

한 사내아이가 누네스의 손을 꼬집으며 조롱하듯 말했다.

"보고타!"

"하! 당신네들 마을이랑 비교도 안 되게 큰 도시라고요. 난 큰 세계, 사람들이 눈이 있고 볼 수 있는 세계에서 왔어요."

"이름이 보고타래." 사람들이 말했다.

코레아가 말했다.

"비틀거렸어. 여기 오면서 두 번이나 발이 걸렸다고."

"어르신들에게 데려가자."

그러고는 느닷없이 문간으로 떠밀려 가, 끝에서 희미하게 타고 있는 불씨 말고는 온통 칠흑처럼 컴컴한 방에 들어왔다. 뒤로 바짝 붙어선 사람들 때문에 아주 희미한 햇빛 줄기만 새어 들어왔고, 그 바람에 누네스는 어떻게 손쓸 틈도 없이 앉아 있는 사람의 발에 걸려 고꾸라졌다. 고꾸라지면서 휘두른 팔이 또 다른 사람의 얼굴을 가격했다. 부드러운 이목구비가 느껴지는가 싶더니 곧 성난 고함이 들렸고, 얼마 후에는 자신을 움켜잡는 여러 사람의 손아귀 속에서 버둥댔다.

일방적인 싸움이었다. 상황을 눈치챈 그는 조용히 누웠다.

"넘어졌어요. 이렇게 컴컴한 어둠 속에서는 볼 수가 없잖아요."

주위에 보이지 않는 사람들이 그의 말을 헤아리는 듯 잠시 정적이 흘렀다. 곧 코레아의 목소리가 들렸다.

"갓 형성됐어. 걸으면서 비틀대기도 하고 의미가 없는 말을 섞어서 말하기도 하고."

다른 사람들도 누네스에 대해 무어라 말했지만 잘 알아들을 수 없었다.

누네스가 물었다.

"일어나 앉아도 돼요? 이제 당신들 몸에 발 걸려서 넘어지는 일은 없을 거예요."

사람들이 상의를 하더니 누네스를 일으켰다.

연장자의 목소리가 누네스에게 질문을 하기 시작했고 누네스는 자신이 추락해 온 커다란 세상, 그리고 하늘이며 산, 시야 등 경이로운 것들을 여기 눈먼 자들의 나라의 컴컴한 곳에 앉아 있는 나이 많은 사람들에게 설명했다.

예상과는 달리 그들은 누네스가 무슨 말을 하든지 전혀 믿지도 이해하지도 못했다. 아예 말을 알아듣지 못하는 듯했다. 14세대가 흘러가도록 이 사람들은 맹인이었고 보이는 세계와는 완전히 차단되어 있었다. 시각에 대한 개념은 사라지고 변했다. 바깥세상에 대한 이야기는 서서히 동화로 바뀌어 갔다.

마을을 둘러싸고 있는 벽 위쪽의 바위벼랑 너머에는 신경을 끊고 산 지 오래였다. 그중 똑똑한 사람들은 눈이 멀지 않았을 때부터 이어져 온 단편적인 믿음과 전통에 의문을 제기했고 이를 멍청한 환상으로 치부하고는 더 합당하고 새로운 믿음으로 그 자리를 메꿨다.

내재되어 있던 상상도 눈과 함께 쪼그라들었고 훨씬 예민한 귀와 손가락 끝을 가지고 새로운 상상을 펼쳤다. 누네스는 서서히 깨달았다. 자신의 출신과 재능이 놀라움과 존경의 대상이 되리라는 기대가 틀렸다는 것을. 시각이라는 것을 설명하려고 시도했지만, 새로 태어난 존재가 일관성 없이 들어오는 감각에 놀란 나머지 헷갈려 하는 것이라는 취급을 받고 나서는 약간 낙담한 채로 주저앉아 그들의 설명을 들었다.

눈먼 자들 중 최고령자가 누네스에게 삶과 철학, 종교를 설명했고, 세상이 (그러니까 그들의 골짜기가) 태초에는 바위 속 빈 공간이었고 그 공간에 특별할 것 없는 무생물체와 감각이 거의 없는 라마 등 몇몇 생명체가 왔으며, 그다음에는 사람들, 그리고 맨 나중에는 노래 소리와 푸드덕거리는 소리는 들리지만 아무도 만질 수는 없는 천사들이 왔다는 점도 설명해 주었다. 누네스는 천사가 무엇인지 갈피를 잡지 못하다가 그게 새일 것이라고 짐작했다.

설명은 계속되어, 우리의 낮과 밤이 눈먼 자들에게는 따뜻함과 쌀쌀함이며 이것이 시간 구분의 기준이고, 따뜻할 때 자고 쌀쌀할 때 일하는 편이 좋아서 지금도 누네스가 나타나지만 않았으면 마을 전체가 자고 있었을 것이라고 했다.

그는 누네스가 자신들이 터득한 지혜를 배우고 섬기기 위해 특별히 창조된 게 틀림없다고, 누네스가 정신적으로 서투른 데다 발이 걸려 비틀대기도 하지만 용기를 잃지 말고 최선을 다해 배워야 한다고 말했고, 이때 문간에 있던 모든 사람들이 웅성웅성 격려의 말을 건넸다.

최고령자는 밤이 (그곳 주민들은 낮을 밤이라고 부른다) 한참 지났으니 모두 잠자리에 들어야 한다고 했다. 누네스에게 잠자는 법을 아느냐고 물었고, 누네스는 그렇다고, 하지만 잠자리에 들기 전에 밥을 먹고 싶다고 했다.

사람들은 라마젖 한 사발, 대충 소금간을 한 빵을 가져다 주고는 자기네들에게 들리지 않는 곳에서 밥을 먹고, 저녁을 맞은 산에서 냉기가 퍼져 다시 하루를 시작하기 전까지 잠을 푹 잘 수 있도록 누네스를 외진 곳으로 데려갔다. 하지만 누네스는 한숨도 자지 못했다.

대신에 그들이 데려다 준 곳에 팔다리를 기대고 앉은 채로 자신이 도착한 뒤 맞이한 예상치 못한 환경을 머릿속에서 계속 되풀이했다.

어떨 때는 즐거워서, 또 어떨 때는 분개해서 자꾸만 웃음을 터트렸다.

"마음이 형성되지 않았다고! 감각이 아직 없다고! 저 사람들, 하늘이 보내 준 왕이자 주인을 모욕하고 있다는 것도 모르겠지. 단단히 깨우쳐 줘야겠어. 생각해 보자, 생각."

해가 질 때도 누네스는 여전히 생각 중이었다.

아름다운 것을 보는 안목이 있는 누네스에게 골짜기 주위 사방에 솟아 있는 설원과 빙하에 빛이 비추는 광경은 여태껏 본 중 가장 아름다웠다.

그의 시선은 범접할 수 없는 찬란한 광경에서 빠르게 땅거미 안으로 가라앉고 있는 마을과 관개된 밭으로 옮겨 갔고, 돌연 감정의 파도에 휩싸인 누네스는 자신에게 볼 수 있는 힘이 있다는 사실에 온 마음을 다해 신에게 감사했다.

밖에서 그를 부르는 소리가 들렸다.

"거기 어이, 보고타! 이리 와!"

그 소리에 누네스는 씩 웃으며 일어섰다. 보인다는 게 뭔지 이 사람들에게 딱 알려 줄 참이었다. 자기를 찾아다니지만 찾지는 못하게 만들 작정이었다.

"왜 안 움직여, 보고타."

그는 소리 죽여 웃으며 길에서 옆으로 살금살금 두 발짝을 뗐다.

"풀은 밟지 마, 보고타. 그러면 안 돼."

누네스는 자신이 소리를 냈는지도 몰랐다. 놀라서 멈춰섰다.

목소리의 주인이 얼룩길을 달려 이쪽으로 왔다.

누네스는 다시 길에 발을 들여놓았다.

"여기 있어요."

"왜 부를 때 오지 않는 거야? 어린애처럼 끌고 가야겠어? 걸으면서 길소리가 안 들려?"

누네스가 웃었다.

"난 볼 수 있어요."

눈먼 자가 잠시 후에 말을 이었다.

"본다는 말 같은 건 없어. 멍청한 짓은 그만두고 내 발

소리를 따라와."

누네스는 살짝 짜증 난 채로 따라갔다.

"내 시대가 올 거야."

눈먼 자가 대답했다.

"배우게 될 거야. 세상에는 배울 게 많거든."

"'눈먼 자들의 나라에서는 외눈박이가 왕이다'라는 말 들어 본 적 없어요?"

"눈먼 자가 뭐야?" 눈먼 자는 어깨 너머로 무심히 물었다.

나흘이 지나고 닷새째, 신분을 숨기고 있는 눈먼 자들의 왕은 국민들 사이에서 여전히 서투른 골칫거리였다. 자신이 어떤 존재인지를 공공연히 이해시키는 것이 생각보다 훨씬 힘들었고, 쿠데타를 생각하는 와중에도 그는 배운 양식과 관습에 따라 행동했다.

밤에 일을 하고 돌아다니는 것이 특히나 짜증 난다고 생각했던 누네스는 이 부분을 제일 먼저 바꿔야겠다고 결심했다.

단순하고 부지런한 삶을 이끌어 나가는 이곳 사람들은 미덕과 행복의 요소를 모두 갖추고 있었는데, 잘 보면 보통 사람들도 쉽게 이해할 수 있을 것이다. 일단 그들은 일을 하지만 강압적으로 하지는 않았다. 음식과 옷이

넉넉하게 있고, 쉬는 날과 기간도 있었다. 음악과 노래가 많고 사람들 사이, 그리고 아이들 사이에도 사랑이 넘쳐 났다.

그들이 자신들만의 질서정연한 세계를 어찌나 실수 하나 없이 자신만만하게 돌아다니는지 놀라울 따름이었다. 모든 것이 필요에 맞게 만들어져 있었다. 이를테면 골짜기의 길은 서로 일정한 간격을 두고 벌어져 있었고, 연석에 특별히 표시를 해 두어 구분할 수 있었다. 길이나 목초지의 장애물이나 불규칙함은 오래전에 전부 해결했다.

그들은 감각이 기막히게 예민했다. 수십 걸음이나 떨어진 사람이 살짝만 움직여도 듣고 판단할 수 있었으며, 그 사람의 심장 소리까지 들을 수 있었다. 표정의 기능은 억양으로, 몸짓은 만지는 것으로 대신했고 괭이와 삽, 쇠스랑을 가지고 얼마든지 자유롭고 자신 있게 밭일을 했다.

후각은 비범할 정도로 뛰어났다. 개만큼이나 쉽게 냄새를 구별할 수 있었고, 위쪽 바위 사이에 살면서 음식과 쉴 곳이 필요하면 벽으로 오는 라마들을 수월하게 돌봤다.

누네스는 자신이 어떤 사람인지 알릴 길을 찾다가 되

레 그곳 주민들이 얼마나 쉽고 능숙하게 움직이는지 알게 됐다.

그는 설득을 시도한 끝에 반항했다.

처음에는 시각을 설명해 주려고 여러 번 시도했다.

"여기 봐요, 당신들. 당신들이 내게서 이해하지 못하는 점이 있어요."

한 번인가는 주민 한두 명이 누네스를 상대했다. 얼굴을 숙이고 앉아서 귀를 총명하게 이쪽으로 쫑긋이는 사람들에게 누네스는 본다는 게 무엇인지 열심히 설명했다. 듣는 사람 중에는 눈을 숨기고 있는 게 아닌가 싶을 정도로 다른 주민들에 비해 눈꺼풀이 덜 꺼져 있고 덜 빨간 소녀가 한 명 있었고, 누네스는 특히 이 소녀를 설득하고 싶었다.

그는 본다는 것, 산과 하늘과 해돋이를 본다는 것이 얼마나 아름다운지를 묘사했고, 사람들은 처음에는 믿지 못하면서도 즐겁게 들었지만 이내 비난하기 시작했다. 그들은 산 같은 건 없다고, 다만 라마들이 풀을 뜯어 먹는 바위 끝이 사실상 세상의 끝이라고, 거기에서 우주의 동굴지붕이 튀어나오고 또 지붕에서 이슬이며 사태가 내리는 것이라고 말했다.

누네스가 세상에는 당신들이 생각하는 끝도 없고 지붕도 없다고 계속해서 완강하게 주장하자, 사람들은 누네스가 사악한 생각을 한다고 말했다. 누네스가 묘사한 하늘과 구름, 별이 그들이 보기에는 부드러운 지붕이 있어야 할 자리를 빼앗은 흉측한 텅 빔, 끔찍한 공허였던 것이다. 동굴지붕의 촉감은 비단결처럼 부드럽다는 게 그들의 신념이었다.

누네스는 자신이 어떻게 보면 그들에게 충격을 안겨줬음을 느끼고는, 이 부분은 포기하고 시각의 실용적인 가치를 보여 주기로 했다. 어느 날 아침, 페드로가 사람들이 소리를 듣거나 냄새를 맡지는 못할 정도로 떨어져 있는 17번 길에서 중앙마을을 향해 걸어오는 모습이 보이길래 누네스가 이렇게 예언했다.

"곧 있으면 페드로가 여기 올 겁니다."

한 노인이 페드로는 17번 길에 볼일이 없다고 대꾸했고, 이를 확인시켜 주기라도 하듯이 페드로는 방향을 꺾어 10번 길을 가로질러 가더니 날렵한 걸음으로 바깥 벽을 향해 되돌아갔다. 페드로가 오지 않자 사람들은 누네스를 조롱했고, 나중에 누네스가 억울함을 풀기 위해서 페드로에게 물어보자 그는 부인하면서 누네스를 노려봤다. 그 후로 그는 누네스에게 적대적으로 굴었다.

그 후 누네스는 한 상냥한 주민과 경사진 목초지를 올라 벽까지 가게 해 달라고 사람들을 설득했고, 마을에서 벌어지는 모든 일을 설명해 주겠노라고 함께 가는 주민에게 약속했다. 몇몇 사람이 길을 오가는 것은 보였지만 이 사람들에게 정말로 의미 있는 일, 그러니까 누네스 말이 진실인지 시험해 볼 수 있는 일은 창문 없는 집 안에서 벌어졌기 때문에 도통 볼 수도 말할 수도 없었다. 그 시도가 실패하고 사람들이 자신에게 조롱을 쏟아 내자 누네스는 힘에 기대 보기로 했다.

불공평할 것도 없으니 삽을 집어 들고 한두 명을 땅바닥에 쓰러트려서 눈의 장점을 보여 줄까 생각해 봤다. 그렇게 마음먹고 삽을 집어 들기까지 했지만, 자신은 눈먼 사람을 아무렇지도 않게 때릴 성격이 못 된다는 사실을 새로이 깨달았다.

망설이고 있는데, 그가 삽을 낚아챘다는 것을 모두 알고 있는 눈치였다. 그들은 누네스가 다음에 어떤 행동을 할지 파악하기 위해 고개를 한쪽으로 돌리고 귀를 쫑긋 세우며 경계했다.

"그 삽 내려놔." 이 한 명의 말에 누네스는 무기력한 공포감 같은 것을 느꼈다. 그 말에 순순히 따르려 했다.

그러나 그는 한 명을 집 벽에 밀치고 도망치듯이 지나쳐 마을을 빠져나왔다.

그렇게 발밑으로 풀 밟은 자국을 남기며 목초지 하나를 가로질러 길가에 앉았다. 막 싸우기 시작했을 때면 누구나 그렇듯 기력이 회복되는 듯했지만 당혹스러움이 더욱 크게 느껴졌다. 정신적 기반이 다른 사람들과는 싸워도 개운하지 않다는 것을 깨달았다.

멀리서 한 무리의 사람들이 삽과 막대기를 메고 마을에서 나와, 누네스 쪽으로 나 있는 여러 길에 펴져 일렬 횡대로 다가왔다. 포위병들은 천천히 걸어오면서 시시때때로 서로 말을 나누었고 이따금 걸음을 멈추고는 허공에 대고 냄새를 맡거나 귀를 기울였다.

누네스는 처음 이 광경을 봤을 때는 웃었다. 하지만 더 이상 웃기지 않았다.

한 주민이 목초지 풀에 남겨진 누네스의 흔적을 발견하고는 몸을 굽힌 채 흔적을 따라 다가왔던 것이다.

포위선이 천천히 확장되는 모습을 오 분 동안 지켜보기만 하던 누네스는 당장 뭐라도 해야겠는데 감이 잡히지를 않아 미친 듯이 우왕좌왕했다. 일어서서, 빙 둘러싸고 있는 벽을 향해 한두 걸음 내밀었다가, 방향을 틀었다가, 뒤로 물러섰다가 했다. 포위병들은 초승달 모양으로 서서 가만히 귀를 기울이고 있었다.

누네스도 가만히 선 채로 양손에 삽을 들고 꽉 쥐었다. '먼저 덮쳐야 하나?'

귓속에서 맥박소리가 '눈먼 자들의 나라에서는 외눈박이가 왕이다!'의 박자로 고동쳤다.

'덮쳐야 하나?'

오를 수 없는 높은 벽을 뒤돌아보았다. 회반죽이 부드럽게 칠해져 있는 탓에 오를 수 없지만, 작은 문이 여럿 나 있었다. 수색대가 다가오고 있었다. 그 뒤로 이제 다른 사람들도 마을에서 나오고 있었다.

'덮쳐야 하나?'

누군가 불렀다.

"보고타! 보고타! 어디 있어?"

그는 삽을 더욱 단단히 쥐고 목초지를 내려가 사람들 사는 곳으로 향했고, 누네스가 움직이기 무섭게 사람들이 그쪽으로 모여들었다.

'저것들 날 건드리기만 하면 쳐 버릴 거야. 맹세코, 한다. 칠 거야.' 그러고 나서 크게 소리쳤다.

"여길 봐, 난 이 골짜기에서 하고 싶은 대로 할 거야. 들려? 하고 싶은 대로 하고 가고 싶은 데 갈 거라고!"

사람들은 손을 더듬으면서도 그가 있는 쪽으로 재빨리 움직였다. 한 사람만 빼고 모두 눈가리개를 하는 까막잡기 같았다.

한 명이 소리쳤다.

"잡아!"

정신 차려 보니 누네스는 틈이 듬성한 아치에 포위되어 있었다. 날래고 단호하게 움직여야겠다는 생각이 퍼뜩 들었다.

크고 결연하게 외치려 했지만 목소리가 갈라져 나왔다.

"당신들은 이해 못 해! 당신들은 눈이 멀었고 나는 볼 수 있다고. 나 좀 내버려 둬!"

"보고타! 그 삽 내려놔. 풀밭에서 나오고!"

어처구니 없을 정도로 바깥세상과 다를 바가 없는 이 마지막 명령에 분노가 치밀어 올랐다.

누네스는 흐느끼며 말했다.

"내가 당신들 해칠 거야. 맹세컨대, 해칠 거라고. 날 내버려 둬!"

그는 갈 곳도 확실히 알지 못한 채 냅다 뛰기 시작했

다. 일단 가장 가까이 있는 사람에게서 멀어졌는데, 그 사람을 칠까 봐 무서워서였다. 잠시 멈췄다가, 가까워져 오고 있는 포위선에서 벗어나기 위해 돌진했다. 틈이 넓은 쪽을 노렸지만 양쪽에 있던 사람들이 알아채고는 빠르게 달려들었다. 누네스는 앞으로 튀어 나가면서 잡힐 것을 예감하고는 휙! 삽을 휘둘렀다. 손과 팔에 살짝 퍽 하는 느낌이 들어서 보니, 한 남자가 비명을 내지르며 주저앉았다. 그 사이 빠져나왔다.

'빠져나왔다!' 그러고 나서 누네스는 다시 마을 길거리에 가까워졌고, 눈먼 자들이 여기저기서 침착하고도 신속하게 내달리며 삽과 막대기를 휘두르고 있었다.

때마침 뒤에서 발걸음 소리가 들려 돌아보니 키 큰 남자가 누네스 소리를 듣고는 무기를 휘두르며 앞으로 달려오고 있었다. 겁을 집어먹은 누네스는 적수를 향해 삽을 집어던지고는 빙글빙글 방황하며 도망치다가, 또다시 날아오는 삽을 피하며 비명을 질렀다.

공황 상태였다. 그는 정신없이 내달리며, 피할 필요가 없는데도 몸을 피하고 갑자기 사방을 한눈에 봐야겠다고 생각하다가 발이 걸렸다. 순식간에 넘어졌고 그 소리를 사람들이 들었다.

저 멀리 빙 둘러싸고 있는 벽에 난 작은 문이 천국처럼 보였다. 그 길로 문을 향해 미친 듯이 달렸다. 문에 닿기 전까지는 사람들을 쳐다보지도 않았다. 우당탕탕 다리를 건너고, 바위 사이로 난 좁은 길을 기어오르고, 어린 라마를 아연실색시켜 도망가게 하고 나서야 그는 누워서 숨을 몰아쉬며 울었다.

그렇게 그의 쿠데타는 끝났다.

누네스는 눈먼 자들의 골짜기 벽 바깥에서 물과 쉴 곳 없이 꼬박 이틀 밤낮을 지냈고 뜻밖에 일어날 수 있을 일을 계획했다. 계획을 하면서는 매우 자주, 그것도 항상 조롱하는 음을 넣어 이 구절을 쏟아 내듯 불렀다.

"눈먼 자들의 나라에서는 외눈박이가 왕이다."

그는 주로 이 사람들과 싸워서 정복할 방법에 대해 생각했지만, 그걸 이룰 방법이 없다는 사실이 점점 확실해질 뿐이었다. 그에게는 무기도 없고 이제 와서야 구하기도 힘들 테니까.

누네스는 보고타에서도 문명의 폐해에 물들어 있었으니, 여기서 마을로 내려가 눈먼 자 한 명을 죽인다는 건 상상할 수도 없었다. 물론 그렇게 하고 나면, 모두를 죽여 버리겠다고 협박하며 원하는 것을 지시할 수 있을 터이다. 하지만 일단은 좀 자야 했다……!

그는 소나무 사이에서 먹을거리를 찾아도 봤고, 서리가 떨어지는 밤사이 소나무 가지 아래에서 편하게 있으려고도 해 봤고, 자신은 없지만 농간을 부려 라마를 한 마리 잡아서 뭐, 돌로 내려쳐서든지 죽여서, 어떻게 조금 먹으려고도 해 봤다. 하지만 라마들은 그를 경계하는 갈색 눈으로 불신의 눈초리를 보냈고, 다가가려고 하면 침을 뱉었다. 이틀째가 되자 두려움이 엄습해 사시나무 떨듯 몸이 떨렸다. 결국 그는 눈먼 자들의 나라를 감싸고 있는 벽으로 기어 내려가 타협을 시도했다. 개울가를 따라 기어간 다음 소리를 쳤고, 벽문으로 다가온 두 명의 눈먼 자와 대화했다.

누네스가 말했다.

"내가 미쳤었어요. 그치만 난 만들어진 지 얼마 안 됐잖아요."

그들은 누네스가 훨씬 나아졌다고 말했다.

누네스는 이제 자기는 더 현명해졌으며 모든 행동을 뉘우치고 있다고 말했다.

그러고 나서 의도한 바는 아니지만, 단지 너무 약하고 아픈 상태였기 때문에 울음을 터트렸다. 눈먼 자 두 명은 이것을 호의적인 신호로 받아들였다.

아직도 '볼' 수 있다고 생각하는지를 물었다.

누네스가 답했다.

"아니요, 어리석었어요. 아무 뜻도, 정말 아무 뜻도 없는 단어인 걸요!"

그들은 저 위에 뭐가 있더냐고 물었다.

"사람 키의 백 배 정도로 높은 곳에 세상을 덮는 지붕이 있어요. 바위 위에. 정말이지, 정말이지 부드러운……"

누네스는 다시 발작적으로 울음을 터트렸다.

"더 물어보기 전에 먹을 것을 좀 주세요. 죽을 것 같아요."

그는 심한 형벌을 받을 것으로 생각했지만 여기 주민들은 관용할 줄 아는 사람들이었다. 그들은 누네스의 반항이 그의 멍청함과 조악함을 한 번 더 확인시켜 주는 증거에 지나지 않는다고 여겼다. 그래서 채찍으로 때린 후에 그들이 하는 일 중 가장 단순하면서도 고된 일을 배정해 주었다. 다르게 살 도리가 없었던 누네스는 시키는 대로 순종했다.

그는 며칠간 앓았고 사람들에게 친절한 간병을 받았다. 이로 인해 더 고분고분해졌다. 그런데 사람들은 누네스가 어두운 곳에서 누워 있어야 한다고 고집했고, 이것이 큰 시련이었다. 그리고 눈먼 철학자들이 와서 누네스의 사악하고 경망스러운 생각에 대해 말했는데, 이 오목한 세상을 덮어 주는 바위뚜껑을 의심한 것을 두고 어찌나 심하게 나무라던지 누네스는 정말로 자신이 바위뚜껑을 보지 못했다는 환각을 겪고 있는 것은 아닌지 의심하게 될 정도였다.

그렇게 누네스는 눈먼 자들의 나라의 국민이 되었고, 이곳 사람들이 이제는 다 똑같은 사람이 아니라 익숙하고도 저마다 다른 사람으로 인식되기 시작했으며 그사이 산 너머의 세상은 점점 더 먼, 현실 밖의 대상이 되어 갔다.

그의 주인인 야곱은 짜증이 나지 않았을 때는 친절한 사람이었다. 페드로는 야곱의 조카였다. 그리고 야곱의 막내딸, 메디나 사로테가 있었다.

그녀는 눈먼 자들의 세상에서 높이 평가받지 못했는데, 그들이 생각하는 아름다운 여성상인 반들반들하고 고운 부드러움이 그녀에게는 부족했고 얼굴 윤곽이 뚜렷했기 때문이다. 하지만 누네스는 첫눈에 그녀의 아름다움을 알아봤고, 머지않아 이 세상에서 가장 아름답다고 생각하게 됐다.

감긴 눈꺼풀은 골짜기 다른 사람들처럼 푹 꺼지지도, 빨갛지도 않은 게 마치 언제라도 뜨일 것만 같았다. 그녀는 속눈썹이 길었고, 이는 그곳에서 커다란 흠이었다. 힘찬 목소리는 골짜기 청년들의 예민한 청각에 만족을 주지 못했다. 그래서 그녀는 애인이 없었다.

어느 순간 누네스는 그녀를 얻을 수만 있다면 골짜기에서의 남은 인생을 받아들일 수 있을 것 같다는 생각을 했다.

누네스는 그녀를 지켜보면서 작은 일이라도 도와줄 기회를 노렸고, 얼마 안 가 그녀가 자신을 관찰한다는 것을 알았다. 하루는 휴일 모임에서 둘이 흐릿한 별빛 아래 나란히 앉게 됐고, 달콤한 음악이 흘렀다. 누네스가 그녀의 손에 자기 손을 올렸다가 용기를 내어 꽉 잡았다. 그러자 그녀도 매우 부드럽게 손을 잡아 주었다. 그리고 하루는 어둠 속에서 식사를 하는데 그녀가 정말이지 부드러운 손길로 누네스를 찾았고, 순간 확 일어난 불씨에 그녀의 다정한 표정이 보였다.

누네스는 말하기로 했다.

여름 달빛을 받으며 앉아 있는 그녀를 찾아갔다. 빛을

받은 그녀의 모습은 은빛 그리고 신비함 그 자체였다. 누네스는 그녀의 발치에 앉아 사랑한다고 말했고, 그녀가 얼마나 아름다운지를 말했다. 누네스는 사랑에 빠진 목소리로 애정을 담아 숭배하듯, 거의 경외하듯 말했고, 그녀는 한 번도 이렇게 사랑받아 본 적이 없었다. 확답은 주지 않았지만 누네스의 말을 듣고 기뻐한 것은 분명했다.

그 일이 있고 나서 누네스는 기회가 생길 때마다 그녀에게 말을 걸었다. 이제 골짜기는 그의 세상이 되었고, 사람들이 해 떴을 때 움직이는 산 너머 세상은 언젠가 그녀의 귀에 속삭여 줄 동화에 지나지 않았다.

누네스는 굉장히 소심하게 머뭇거리며 시각에 대한 이야기를 꺼냈다.

그녀는 시각이 가장 시적인 환상이라고 생각했고, 누네스가 별과 산, 백색광을 켜 놓은 듯한 그녀의 사랑스러운 아름다움을 설명해 줄 때마다 죄책감을 느끼면서도 탐닉하며 들었다. 이 말들을 믿지도 않고 완전히 이해하지도 못했지만 묘하게 기쁨을 느꼈고, 이런 모습을 보고 누네스는 그녀가 완전히 이해한다고 생각했다.

누네스의 사랑이 경외심을 떨치고 용기를 찾았다. 그

는 머지않아 야곱과 어르신들에게 결혼을 허락받을 생각이었지만, 그녀는 두렵고 망설여졌다. 메디나 사로테와 누네스가 사랑에 빠졌다고 맨 처음 야곱에게 말한 건 메디나의 언니였다.

누네스와 메디나 사로테의 결혼은 큰 반대에 부딪혔다. 어른들이 메디나를 아꼈기 때문이라기보다는 누네스를 인간이라고 볼 수 없는 수준의 동떨어진 바보, 무능력한 존재로 여겼기 때문이다. 메디나의 언니들은 가족이 전부 망신거리가 되고 말 것이라며 격렬히 반대했다.

야곱은 서툴어도 말 잘 듣는 자신의 노예에게 호감이 있기는 했지만 고개를 저으며 일어날 수 없는 일이라고 말했다. 청년들은 민족을 더럽힌다는 생각에 격분했고 그중 한 명은 욕지거리를 하며 누네스를 때리기까지 했다. 누네스도 이에 맞서 반격했다.

땅거미가 지고 있었는데도 누네스는 앞이 보이는 사람으로서의 혜택을 처음으로 누렸고, 그 싸움 이후로는 아무도 누네스에게 손찌검하려 들지 않았다. 하지만 여전히 결혼에는 반대했다.

늙은 야곱은 자신이 아끼는 막내딸이 자기 어깨에 대

고 훌쩍이는 모습을 보니 마음이 쓰렸다.

"보렴, 아가, 그 애는 멍청하단다. 망상도 있고. 옳게 행동하지 못하잖니."

메디나 사로테가 눈물을 흘리며 말했다.

"알아요. 하지만 예전보다 나아졌잖아요. 점점 나아지고 있어요. 사랑하는 아버지, 그 사람은 강인하고 친절해요. 이 세상 어느 남자보다도 강인하고 친절해요. 그리고 그이는 절 사랑하고, 또 아버지, 저도 그이를 사랑해요."

늙은 야곱은 막내딸의 슬픔을 달랠 길 없다는 사실에 크게 괴로워했고, 특히나 자신도 많은 점에서 누네스를 아끼기 때문에 더욱 괴로웠다. 그래서 그는 다른 장로들이 있는 창문 없는 회의실에 들어가 앉아, 대화의 흐름을 살피면서 적절한 때를 보아 말을 꺼냈다.

"그 애는 예전보다 나아졌습니다. 언젠가는 우리처럼 멀쩡해질 가능성이 다분하지요."

그 후로 생각이 깊은 장로 한 명이 좋은 수를 떠올렸다. 눈먼 자들 사이에서 훌륭한 의사이자 약사인 그는 마음가짐이 매우 철학적이며 독창적이기 때문인지, 누네스의 기이한 특성을 고쳐야겠다는 생각에 마음이 솔

깃했다. 하루는 그가 야곱이 있을 때 누네스 이야기를 꺼냈다.

"보고타를 검진한 적이 있는데, 매우 분명한 사례더군요. 치료될 가능성이 매우 높다고 봅니다."

늙은 야곱이 대답했다.

"항상 희망하던 바입니다."

"뇌에 증상이 있어요."

장로들이 웅성웅성 맞장구쳤다.

"그러면, 원인이 무엇입니까?"

늙은 야곱이 말했다.

"아!"

의사가 질문에 대답했다.

"자, 눈이라고 부르는 그 이상한 것들, 얼굴에 그저 나쁘지 않을 정도로 오목하게 들어가 있을 뿐인 그것들이, 보고타의 경우에는 그것들이 감염되어 뇌가 증상을 보이는 겁니다. 누네스는 눈이 굉장히 팽창되어 있고 속눈썹도 있고 눈꺼풀이 움직이니, 결국 뇌가 지속적으로 과민하고 산만한 상태인 것이죠."

늙은 야곱이 물었다.

"그래서요? 그래서?"

"그래서 이성적으로 확실히 말씀드릴 수 있는 바로는, 간단하고 쉬운 수술 한 번이면 보고타를 완전히 치료할 수 있다는 겁니다. 그러니까, 자극이 되는 그 신체 조직을 제거하는 거지요."

"그러면 정상이 되는 겁니까?"

"완전히 정상적인, 꽤 우수한 시민이 될 겁니다."

"과학이 있음에 감사합니다!"

늙은 야곱은 그 길로 누네스에게 가서 행복한 소식을 전했다. 하지만 이 좋은 소식을 들은 누네스의 태도는 냉담하고 실망스럽기 짝이 없었다.

야곱이 말했다.

"네 목소리로 봐서는 내 딸을 사랑하지 않는 모양이구나."

메디나 사로테는 누네스에게 의사를 만나 보라고 설득했다.

누네스가 말했다.

"내가 시력을 잃길 바라는 건 아니지요?"

그녀가 고개를 끄덕였다.

"내 세상은 곧 시각이에요."

그녀는 고개를 푹 떨궜다.

"아름다운 것들, 아름다운 작은 것들이 있어요. 꽃, 바위에 낀 이끼, 털의 가벼움과 부드러움, 구름이 떠내려가는 머나먼 하늘, 석양과 별. 그리고 당신. 당신만 있다고 해도 본다는 게 얼마나 좋은지 몰라요. 당신의 사랑스럽고 평온한 얼굴, 친절한 입술, 가지런히 모은 아름다운 손, 당신이 사로잡은 건 내 두 눈이에요. 이 두 눈이 당신을 좋아하게 만드는데, 이 두 눈을 저 바보들이 빼내려 하죠. 그러면 난 당신을 만지고 목소리를 들을 뿐 다시는 보지 못하겠죠. 저 바위지붕과 돌, 어둠에서, 당신들의 상상력이 웅크린 채 갇혀 있는 저 끔찍한 지붕 아래에서 살아가야겠죠? 아니, 날 그렇게 만들지 않을 거죠?"

불쾌한 의심이 떠올랐다. 그는 말을 멈추고 그 부분은 질문으로 남겨두기로 했다.

"가끔은……" 메디나가 말을 멈췄다.

누녜스가 불안해 하며 대꾸했다.

"네."

"가끔은, 당신이 그런 식으로 말하지 않았으면 좋겠어요."

"어떤 식으로요?"

"예쁘다는 건 알아요, 그치만 상상이잖아요. 너무 좋지만 지금은……"

누네스는 마음이 서늘했다. 한기를 느꼈다.

"지금은?" 힘없이 물었다.

메디나는 가만히 앉아 있었다.

"그러니까, 당신 생각에는, 내가 나아질 거라는, 그렇다는……"

순식간에 모든 걸 깨닫기 시작했다. 그는 답답하게 흘러가는 운명에 정말이지 화가 났지만 이해하지 못하는 메디나에게 연민도 느꼈다. 동정에 가까운 연민이었다.

"메디나."

누네스는 순백의 그녀에게서, 말할 수 없는 것들에 극심히도 짓눌린 그녀의 마음을 볼 수 있었다. 누네스는 그녀를 감싸 안고 귀에 입을 맞췄고, 둘은 한동안 아무 말없이 앉아 있었다.

"내가 수술에 동의한다면요?"

누네스가 마침내 정말 부드러운 목소리로 말을 꺼냈다.

메디나는 그를 와락 껴안고는 들썩이며 울었다.

"아, 그래 준다면. 당신이 그래 주기만 한다면!"

* * *

하급 노예에서 눈먼 시민으로 신분을 상승시켜 줄 수술을 앞두고 일주일 동안 누네스는 햇살이 따뜻한 시간 내내, 다른 사람들은 행복하게 잠에 든 사이 혼자서 잠을 모르고 앉아 골똘히 생각에 잠기거나 정처 없이 떠돌아다니면서 이 진퇴양난의 상황에 온 정신을 쏟았다. 대답도 했고 동의도 했지만 아직도 확신이 서지 않았다. 그렇게 마지막 노동시간이 끝나고, 금빛 산마루 위로 태양이 찬란하게 떠오르니, 앞을 볼 수 있는 마지막 날이 다가왔다. 누네스는 메디나 사로테가 잠자리에 들기 전에 몇 분 동안 함께 있었다.

"내일이면, 더 이상 앞을 못 봐요."

"사랑하는 당신!"

메디나가 누네스의 손을 힘껏 쥐었다.

그녀가 말했다.

"그분들이 많이 아프게 하지는 않을 거예요. 당신이 이 고통을 겪다니. 이걸, 내 사랑, 날 위해서 겪는다니…….
여자로서 할 수 있는 한 보답할 거예요. 내 소중한 사랑, 부드러운 목소리를 가진 내 사랑, 보답할게요."

누네스는 자기 자신과 메디나에게 헤아릴 수 없는 연민을 느꼈다.

그는 메디나를 품에 안고 입을 맞춘 뒤, 마지막으로 그녀의 사랑스러운 얼굴을 바라봤다. 그 소중한 모습에 속삭였다.

'안녕! 이제 안녕!'

그리고 아무 말 없이 그녀에게서 돌아섰다.

메디나는 천천히 멀어져 가는 그의 발걸음 소리를 들었고, 그 박자에 담긴 무언가 때문에 서럽게 울었다.

누네스는 하얗게 핀 수선화가 아름다운 목초지의 외진 곳으로 가서 희생의 시간이 다가올 때까지 있으려고 했지만, 걸음을 옮기며 눈을 들어 아침을 보니 그 아침은 금빛 갑옷을 걸치고 비탈길을 행군해 오는 천사 같았다…….

이 찬란한 광경 앞에서 자신과 이 골짜기의 눈먼 나라, 자신이 사랑하는 사람, 모든 것은 죄악의 구덩이에 불과해 보였다.

누네스는 원래 뜻대로 방향을 틀지 않고 계속 걸어가 이곳을 둘러싸고 있는 벽을 지나 바위 위로 올라갔고, 그 와중에도 줄곧 시선은 햇빛에 빛나는 얼음과 눈을 향해 있었다.

무한한 아름다움을 보니, 이제는 영원히 포기하게 생긴 저 너머의 것들을 향해 상상력이 치솟아 올랐다.

누네스는 떠나오고 만 거대한 자유 세상을, 자신의 것이었던 세상을 생각했고, 멀리 있는 산비탈의 환영이, 멀리 저 멀리의 환영이, 마음을 뒤흔드는 아름다움이 무수하며 낮에는 영광이요 밤에는 야광의 신비로움인 곳이자 궁전과 분수, 동상, 하얀 집을 볼 수 있는 곳으로 저 중간쯤에 아름답게 자리잡고 있을 보고타의 환영이 떠올랐다.

하루이틀 정도 길을 질러 내려가서 보고타의 부산스러운 거리와 길로 점점 가까워질 수는 없을까 생각했다. 더 넓은 세상에 가고 싶을 때는 위대한 보고타를 떠나 시내와 마을, 숲과 황무지를 지나, 세차게 흐르는 강물을 조금씩 건너다 보면 어느새 강둑이 없어지고 커다란 증기선이 파도를 튀겨 가며 옆을 지나갈 것이고, 그곳이 바로 바다, 섬이 수천 개, 섬이 수천 개 떠 있고, 배가 더 큰 세상을 쉴 새 없이 돌아다니느라 저 멀리 희미하게 보이는 끝도 없는 바다인 것이다.

산에 갇혀 있지 않은 그곳에서는 하늘이 여기에서처럼

원반 모양이 아니고, 헤아릴 수도 없이 파란 아치형에 별들이 원을 그리며 떠다니는 깊고도 깊은 존재이다.

누네스는 골짜기를 둘러싸는 거대한 장막을 탐구하듯 예리하게 뜯어 보았다.

예컨대 저 협곡을 오르고 침니까지 오르면, 널찍한 지층을 빙 두르다가 협곡을 따라 죽 높이 나 있는 다 자라지 못한 소나무들 사이로 나올 것이다. 그러고 나면? 그 애추는 어떻게든 해 볼 수 있을 것이다. 거기서 조금 오르다 보면 설원이 펼쳐진 벼랑에 도달할 테고. 저 침니를 오르지 못한다고 해도 동쪽으로 가면 목표에 더 쉽게 도달할지도 모른다. 그러고 나면? 그러면 저기 호박색으로 빛나고 있는 설원에 도착할 것이고 조금 더 올라가면 황량하고도 아름다운 산마루이다.

그는 마을 쪽을 흘끔 돌아보다 오른쪽으로 몸을 돌려 흔들림 없이 마을을 바라봤다.

메디나 사로테를 떠올렸으나 그녀는 이미 작고 먼 존재였다.

그는 저 아래 자신을 향해 하루가 열린 산 쪽으로 다시 한 번 몸을 돌렸다.

그리고 굉장히 신중하게 산을 오르기 시작했다.

해 질 무렵 등반을 멈췄지만 이미 높이, 멀리까지 와 있었다. 아까도 높이 있었지만 이젠 더 높은 곳에 있었다. 옷이 찢어지고 사지가 피투성이였으며 여기저기 멍이 들었지만 편안한 듯이 누웠고 얼굴에 미소가 피었다.

쉬는 곳에서 보니 구덩이에 빠져 있는 듯한 골짜기는 거의 2킬로미터 아래에 있는 것 같았다. 골짜기는 이미 엷은 안개와 그림자로 어둑해졌지만 누네스가 올라와 있는 산 정상은 빛과 광채 그 자체였다. 누네스가 올라와 있는 산 정상은 빛과 광채 그 자체였고, 코앞에 있는 바위는 선 하나까지도 미묘한 아름다움에 물들어 있었다.

회색을 뚫고 뻗은 초록 광물 한 줄기, 여기저기 번쩍이는 수정 표면, 섬세한, 섬세하게 아름다운 주황빛 이끼가 누네스 얼굴 바로 옆에 있었다. 골짜기를 덮은 알 수 없는 그림자는 파란색에서 보라색으로, 보라색에서 반짝이는 어둠으로 짙어졌고, 위로는 끝도 없이 광활한 하늘이 펼쳐져 있었다. 하지만 누네스는 더 이상 이런 것에는 신경 쓰지 않고 미동도 없이 누워서는, 자신이 왕이 될 거라 생각했던 눈먼 자들의 골짜기를 빠져나온 것만으로도 만족스럽다는 듯 미소 짓고 있었다.

석양의 빛이 지나가고 밤이 왔다.

누네스는 차갑고 맑은 별들 아래에서 여전히 만족해 하며 평화롭게 누워 있었다. ♧

얀 강가의 한가한 나날

그렇게 얀 강가의 숲을 내려와 보니, 예언대로 '강에 노니는 새'호가 막 뱃줄을 풀기 시작했다.

선장은 보석 박힌 칼집에 꽂힌 언월도偃月刀를 옆에 놓아둔 채 하얀 갑판에서 책상다리를 하고 앉아 있고, 선원들은 배를 얀 강의 물길 중앙으로 띄우기 위해 민첩하게 돛을 펼치면서, 마음을 달래 주는 옛노래들을 내내 부르고 있었다. 신들이 머무는 저 먼 산속 거처에 펼쳐진 설원에서 시원한 저녁바람이 불어와, 걱정 많은 도시에 기쁜 소식을 전하듯, 날개처럼 펼쳐진 돛을 채웠다.

물길 중앙에 들어서자 선원들이 큰 돛을 내렸다. 나는 선장에게 인사도 드릴 겸, 그가 온 곳이 어디든 그곳에서 가장 신성한 신이 과연 사람들 사이에 나타나는지, 어떤 기적을 행하는지 물어보려고 찾아간 참이었다.

선장은 자신이 아름다운 벨준드에서 왔으며, 그곳에서 모시는 신은 가장 낮고 겸허해 기근이나 천둥을 보내는 일도 거의 없고 조금만 싸움을 걸어와도 쉽게 요구를 들어준다고 대답했다. 내가 유럽에 있는 아일랜드에서 왔다고 말했더니 이 대목에서 선장과 선원들이 전부 웃음을 터트리며 말했다. "꿈의 땅 어디에도 그런 곳은 없지." 놀리는 소리가 잦아들 즈음 내 환상을 설명했다. 나는 주로 쿠파 놈보 사막, 그리고 그 근처 '저주받은 골도스'라고 불리는 도시, 늑대가 그림자와 함께 사방에서 보초를 서며, 신들이 화가 나서 한번 저주를 내뱉었다가 다시는 되돌리지 못한 탓에 오랫동안 완전히 고립되었던 도시에 환상을 가지고 있다. 빨간 벽에 둘러싸여 있고 분수가 있으며 아이슬, 튤과 무역을 하는 도시 '펀가 비스'까지 꿈이 닿을 때도 있다. 내 말을 듣자 뱃사람들은 한 번도 본 적은 없지만 그런 곳이라면 상상을 품을 만도 하다면서 내 환상이 머무는 곳을 칭찬했다. 그날 저녁 남은 시간 동안 나는 얀 강의 흐름과 신 덕분에 우리가 바다 옆 절벽 '바울얀' 즉, 얀 수문까지 안전히 도착했을 경우 지불할 삯을 두고 선장과 협상을 했다.

해가 넘어가려 하자, 세상과 하늘의 온갖 색조가 태양

과 잔치를 벌이다가 다가오고 있는 밤 앞에서 하나씩 떠나갔다. 앵무새들은 강기슭 한편의 정글로 돌아갔고, 원숭이들은 높다란 나뭇가지에 안전하게 줄을 지어 가만히 잠들었는가 하면, 반딧불이는 깊은 숲속에서 위아래로 날아다녔으며, 위대한 별들이 빛을 내며 얀의 얼굴을 굽어봤다.

선원들이 등에 불을 붙여 배 주위에 빙 둘러 달자 홀연한 등불이 눈부시게 얀을 비췄다. 습한 기슭을 따라 먹이를 먹던 오리들이 갑작스레 날아오르더니 위에서 넓은 원을 만들어, 멀리까지 뻗은 얀 강과 정글을 살포시 뒤덮은 뿌연 안개를 바라보더니 기슭으로 돌아왔다. 그러고 나서 선원들은 다같이는 아니고 한 번에 대여섯 명씩 갑판에 무릎을 꿇고 기도했다.

어떤 신이든 두 명의 기도를 한꺼번에 듣는 일이 없도록 종교가 다른 사람들끼리만 동시에 대여섯 명이 나란히 무릎을 꿇고 기도했던 것이다. 누군가 기도를 끝내면 같은 종교를 가진 사람이 곧바로 그 자리에서 기도를 시작했다. 그렇게 얀 강의 물길이 그들을 바다 쪽으로 나르는 사이, 팔락거리는 돛 아래로 대여섯 명이 일렬로 무릎을 꿇고 앉아 머리를 조아렸고 그들의 기도는 등불 사이로 올라가 별을 향했다. 그리고 그들 뒤쪽, 배의 후미에서는 키잡이가 종교에 상관없이 얀 강의 키잡이라면 모두 따르는 키잡이의 기도를 크게 외고 있었다. 선장은 그의 낮은 신, 벨준드를 축복하는 신들에게 기도했다.

나도 기도를 해야겠다고 생각했다. 하지만 노쇠하고 애정 어린 신들이 이교도에게도 사랑을 받고 겸손히 기원받는 그곳에서 질투 많은 하나의 신에게 기도를 바치고 싶지는 않았다. 대신에 정글 사람들이 버린 지 오래인, 이제는 아무에게도 숭배받지 못해 혼자인 시얼 누가노스가 생각나기에 그에게 기도했다.

기도를 마치기가 무섭게 밤이 찾아왔는데, 밤은 저녁에 기도를 하든 하지 않든 모든 인간에게 찾아오기 마련이지만 우리는 기도를 한 덕에 위대한 밤이 찾아올 것을 생각하면서 마음을 편히 먹을 수 있었다.

폴리티아드가 녹은 눈을 햅 언덕에서 데려온 데다 마른과 미그리스가 홍수로 불어난 덕에 의기양양해진 얀이 우리를 장엄하게 앞으로 밀었다. 얀은 있는 힘껏 우리를 밀어 키프와 피르를 지났고, 그러자 굴룬자의 빛이 보였다.

곧, 배를 계속해서 얀의 중앙으로 띄워야 하는 키잡이

만을 빼고 모두 잠에 들었다.

외로운 밤 동안 기운을 북돋기 위해 노래를 부르던 키잡이는 해가 나니 노래를 멈췄다. 노래가 멈췄을 때 우리는 일제히 벌떡 깨어났고, 다른 사람에게 키를 넘겨주고 나서야 키잡이는 잠을 청했다.

이제 곧 만다룬에 닿을 것이었다. 식사를 준비했고, 만다룬이 모습을 보였다. 선장이 만다룬을 보고 명령을 내리자 이에 선원들이 큰 돛을 다시 풀었다. 배가 방향을 틀어 얀 물길을 등지고 만다룬의 붉은 벽 아래, 항구에 들어갔다. 선원들이 나가서 열매를 모으는 사이 나는 홀로 만다룬 문에 갔다. 문 밖에는 문지기가 사는 오두막이 몇 채 있었다. 긴 수염이 하얗게 샌 보초가 녹슨 창으로 무장한 채 문에 서 있었다. 보초가 쓴 커다란 안경은 먼지투성이였다. 문 틈새로 도시가 보였다. 죽은 듯한 고요가 사방에 깔려 있었다. 길은 아무도 밟지 않은 듯했고 현관 계단에 이끼가 두텁게 껴 있었다. 시장에는 널부러져 자고 있는 형체들이 보였다. 향 냄새가, 태운 양귀비와 향 냄새가 문간으로 실려 왔고 멀리서 종소리가 웅웅거리며 메아리쳤다. 얀 지역 언어로 보초에게 물었다.

"이 고요한 도시에서는 왜 모두들 자고 있는 겁니까?"

보초가 대답했다. “도시 사람들을 깨울까 봐 이 문에서는 아무도 질문을 하지 않소. 이 도시 사람들이 깨어나면 신들이 죽기 때문이지. 신들이 죽으면 인간은 더 이상 꿈을 꾸지 못하오.” 그 도시에서 섬기는 신이 누구냐고 물었지만, 그곳에서는 아무도 질문을 하지 않는 탓에 보초가 창을 들었다. 그래서 나는 ‘강에 노니는 새’호로 돌아왔다.

붉은 벽과 퍼르스름한 구리지붕을 새하얗고 높은 산봉우리가 굽어보는 만다룬은 확실히 아름다웠다.

‘강에 노니는 새’호로 돌아가 보니 선원들도 배에 돌아와 있었다. 우리는 곧 닻을 올려 다시 출항했고, 그렇게 다시 강 한가운데로 돌아갔다. 이제 해가 높이 올라가고 있었는데, 이 세상 주위를 나아가는 태양을 수행하는 무수한 합창대의 노랫소리가 얀 강에 떠 있는 우리에게 닿았다. 인간이 전망대에 팔꿈치를 괴고 격식을 갖춘 환희 섞인 칭찬을 태양에게 보내는 사이에, 다리가 많은 조그만 생명체들은 공중에서 얇디얇은 그물날개를 편안히 펼치거나, 살랑살랑 복잡하고도 민첩하게 춤을 추며 함께 움직였고, 그것도 아니면 정글 속 난초 한 줄기에 맺힌 물방울이 서늘하게 훅 불어오는 산들바람에 떨궈져 땅으로 쌩 하고 돌진하는 사이 그 물방울을 피하기 위해 몸을 획 돌렸다. 이렇게 몸을 피하는 와중에도 득의양양한 노래는 잊지 않았다. 그 생명체들은 이렇게 말했다.

"낮은 우리의 것이니, 위대하고 신성하신 태양 아버지가 습지에서 더 많은 생명을 불러오시겠구나. 아니면 온 세상이 오늘 밤 끝날 테니."

그렇게 인간에게 익숙한 음을 내는 것들, 인간에게는 들리지 않는 훨씬 더 많은 가락을 내는 것들, 모든 것들의 노랫소리가 울려퍼졌다.

이것들에게 비오는 날은 인간의 일생에서 대륙을 고립시키는 전쟁 시기와도 같다. 그리고 태양을 보고 누리기 위해 저 어둡고 푹푹 찌는 정글에서 커다랗고 느긋한 나비들이 나왔다.

나비들은 춤을 추되, 멀리 땅을 정복당한 오만한 여왕이 집시 야영지에서 가난에 못 이겨 오로지 먹고 살기 위해 추방의 춤을 추면서도, 춤에 대한 자부심이 추호도 꺾이지 않듯, 그렇게 여유롭게 춤을 췄다.

나비들은 색이 있는 오묘한 것들을, 보라색 난초와 사람들에게 잊힌 분홍색 도시와 흉측한 색깔로 부패하는 정글을 노래했다. 나비들도 마찬가지로 인간의 귀로는 들을 수 없는 목소리를 지니고 있다.

강 위를 떠다니고 숲을 옮겨 다니는 나비들의 자태는 그 뒤를 쏜살같이 쫓는 새들의 적대적인 아름다움에 견줄 만했다. 이따금 나비들은 숲속 나무 주위로 기어오르는 식물의 밀랍 같은 하얀 꽃에 앉았다. 커다란 꽃 위로 보랏빛 날개가 빛을 발하는 모습이, 마치 널에서 데이스로 향하는 수완 좋은 상인들이 누어 언덕을 오르는 등산객들의 마음을 사로잡으려고 눈 위에 차례로 늘어놓은 비단 같았다.

하지만 해는 인간과 짐승들에게는 졸음을 보냈다. 강가 큰 동물이 끈적이는 진흙에서 잠을 자고 있었다. 선원들은 갑판에 있는 선장을 위해 금술이 달린 대형 천막을 쳤고 두 돛대 사이에 차양 삼아 걸어 놓은 돛 아래로 키잡이를 제외한 모두가 쉬러 갔다. 각자 모시는 신이 행한 기적이나 살고 있는 도시 이야기를 하다가 전부 잠들었다.

선장은 내게 금술 달린 대형 천막을 함께 쓰자고 했고, 그 안에서 우리는 한동안 이야기를 나눴다. 선장은 페르돈다리스로 물건을 나르고 있으며 바다 특산품들을 가지고 아름다운 벨준드로 돌아갈 것이라고 했다. 나는 강 위를 가로지르고 또 가로지르는 눈부신 새와 나비 들을 천막 입구 틈새로 보다가 잠에 빠졌고, 내가 군주가 되어 나라의 수도에 들어가는 꿈을 꿨다. 아치형의 깃발 행렬 아래로 들어간 수도에는 전 세계 음악인들이 악기로 아름다운 선율을 연주하고 있었다. 하지만 환호하는 이는 없었다.

오후가 되어 날이 다시 점점 쌀쌀해질 때쯤 잠에서 깼고, 선장은 쉴 때면 벗어 놓는 언월도를 몸에 차고 있었다.

이제 우리는 강을 향해 열려 있는 아스타한의 궁궐에 닿았다. 옛스러운 모양의 낯선 배들이 계단에 사슬로 묶여 있었다. 가까이 가 보니, 탁 트인 대리석 궁궐의 삼면으로 도시가 돌기둥을 면해 서 있었다. 그 도시 사람들은 궁궐 안이며 돌기둥을 따라 옛 의식 절차에 맞춰 엄숙하고 신중하게 걷는 중이었다. 그 도시는 모든 것이 옛것이었다.

세월에 부서졌지만 그대로 놔둔 조각상도 먼 옛날의 것이었고, 지구상에서 사라진 지 오래인 용이며, 그리핀, 히포그리핀 등 각양각색의 괴물 석상이 사방에 있었다. 아스타한에서는 사물이든 관습이든 새것은 찾아볼 수 없었다. 도시 사람들은 우리가 옆을 지나가도 전혀 신경 쓰지 않은 채 의식 행진을 계속했고, 선원들도 이런 관습을 알고 있어 그들에게 주의를 기울이지 않았다. 하지만 나는 거리가 가까워졌을 때, 강가에 서 있는 사람에게 아스타한에서는 사람들이 무엇을 하며 어떤 물품으로 누구와 교역을 하는지 물었다. 그가 대답했다.

"우리는 시간에게 족쇄와 수갑을 채웁니다. 그렇게 하지 않으면 신들을 죽일 테니까요."

그 도시에서 모시는 신이 누구냐고 물었더니 이번에는 이렇게 대답했다.

"아직 시간의 손에 죽지 않은 모든 신을 모십니다."

그러더니 돌아서서는 아무 말도 하지 않고, 옛 관습에 따라 분주히 움직였다.

얀의 뜻에 따라 우리는 아스타한을 떠나 앞으로 흘러갔다. 아스타한 밑으로 강이 넓어졌고 그곳에서 물고기를 잡아먹는 새 무리를 볼 수 있었다. 정글에서 온 게 아닌, 환상적인 깃털을 지닌 그 새들은 긴 목을 쭉 빼고 다리를 바람 따라 눕혀 강줄기 한복판 위에서 곧게 날고 있었다.

이제 저녁이 모여들기 시작했다. 하얀색 짙은 안개가 강 위로 나타나 은은히 위로 뻗어나갔다. 안개는 잡히지 않는 긴 팔로 나무들을 움켜쥐고는 높이 더 높이 올라가며 공기를 쌀쌀하게 했다. 하이얀 형체가 정글로 들어가는 모습이 마치 난파당한 선원들 유령 같았다. 오래전 얀 강에서 자신들을 난파시킨 악마의 영혼을 찾으러 어둠 속으로 슬그머니 들어가는 것처럼 보였다.

빽빽한 정글 꼭대기에 펼쳐진 난초 들판 뒤로 해가 지자, 열기 가득한 낮 사이 진흙탕에서 쉬던 큰 짐승들이 뒹굴대며 나와 물을 마시러 내려왔다. 나비는 쉬러 들어간 지 오래였다. 우리가 지나온 좁다란 지류를 보니 이미 해가 떨어진 듯했지만 우리 눈에만 보이지 않았다 뿐이지 완전히 진 것은 아니었다.

분홍으로 반짝이는 햇빛을 가슴에 받으며 높이 날아가던 정글의 새들이 얀 강이 보이자마자 날개를 낮추고는 숲 사이로 하강했다. 헝머리오리는 커다랗게 떼를 지어 너도나도 삑삑대며 강을 거슬러 오다가, 몸을 홱 틀어서 다시 내려갔다. 화살처럼 생긴 작은 물오리들은 그렇게 우리 옆을 휙 지나갔다. 오리떼 울음소리가 들려왔다. 선원들이 말하기를 그 오리떼는 얼마 전에 리스파시안 산맥을 건너왔다고 한다. 매년 플루나 꼭대기를 끼고 오른쪽으로 돌아오는데, 산독수리들이 그 길을 알고 ─ 사람들 생각이기는 하지만—시간까지 정확히 알기 때문에 매년 북쪽 평원에 눈이 내리고 나면 오리떼가 올 것을 기다린다고 한다.

곧 날이 많이 어두워져 더 이상 새소리는 들리지 않았고, 대신 퍼덕거리는 날갯짓 소리만, 수도 없이 많은 날갯짓 소리만 들리더니 모두 강둑을 따라 앉은 듯했고, 이제는 밤새들이 나올 시간이었다. 선원들이 등불을 켜니 커다란 나방들이 배 주위로 나타나 퍼덕거렸고, 이따금 등불에 화려한 색깔을 드러냈다가 이내 모든 것이 캄캄한 밤 속으로 다시 들어갔다. 또다시 선원들이 기도를 올리고 모두 저녁식사를 한 뒤 잠에 들었고 키잡이는 우리의 생명을 돌봐주었다.

잠에서 깼을 때 나는 우리가 그리도 유명한 도시인 페르돈다리스에 도착했음을 알았다. 왼편에 서 있는 아름답고 유명한 도시는 우리가 너무 오래 정글만 보고 난 후라 그런지 모든 것이 더욱 보기 좋았다. 시장 부근에 정박한 후 선장의 물품을 전부 진열했고, 페르돈다리스 상인이 서서 구경했다.

선장이 언월도를 손에 들더니 화가 난 듯이 갑판에 내리쳤고 그 때문에 하얀 널빤지에서 파편이 튀어올랐다.

상인이 제시한 가격이 선장의 말에 따르면 자기 나라에서 모시는 신들에게 — 내게 말했을 때와는 달리 위대하고 무서운 신이며 무시무시한 저주를 내린다면서 그리고 자기 자신에게도 모욕이나 다름없다고 했다. 하지만 상인은 포동포동한 손을 선홍빛 손바닥이 보이도록 흔들면서, 자신은 이기적인 생각에 그러는 것이 아니고, 단지 도시 너머 오두막에 사는 가난한 사람들에게 가져갈 물건이니 최대한 낮은 가격에 팔고 싶어서 그런다고, 심지어 이윤도 남기지 않고 팔 것이라고 말했다.

물품은 겨울에 바닥에서 올라오는 바람을 막아 줄 두툼한 투마룬드 양탄자와 사람들이 담뱃대에 넣어서 피우는 톨럽이었다.

상인은 만약 자신이 일 피펙이라도 더 값을 지불하게 되면 저 가난한 사람들은 투마룬드 없이 겨울을 나야만 하고, 저녁에도 톨럽을 피울 수 없을 것이며, 나이 드신 아버지와 자신이 함께 굶어죽게 될 거라고 말했다.

이 말을 듣고 선장은 언월도를 자기 목에 들이대며, 자기는 이제 파산했으니 죽음밖에는 남지 않았다고 말했다. 상인은 왼손으로 수염을 조심스레 들고는 물품들을 다시 한 번 살피더니, 배를 모는 선장의 모습을 보고 단번에 남다른 애정을 가졌는데 그런 사람이 죽는 것을 보느니 차라리 자기가 나이 드신 아버지와 함께 굶어죽는 게 낫겠다며 십오 피펙을 더 불렀다.

이 말을 들은 선장은 납작 엎드려서는 이 상인의 모진 마음을 둥글게 만들 수 있게 해 달라며 신들에게 기도했다—조금 지위가 덜한 신들과 벨준드를 축복해 주는 신들에게.

결국 상인은 거기에 오 피펙을 더 불렀다. 그러자 선장이 엉엉 울면서 신들에게 버림받은 게 틀림없다고 말했다. 이에 상인도 엉엉 울면서 곧 굶주리실 노쇠한 아버지가 생각난다고 말했고, 우는 얼굴을 두 손으로 가리면서 손가락 사이로 톨럽을 다시 한 번 살폈다. 그렇게 협상이 마무리됐다.

상인은 짤랑거리는 커다란 동전지갑에서 돈을 꺼내 지불한 뒤 투마룬드와 톨럽을 가져갔다.

짐짝으로 싼 투마룬드와 톨럽을 상인의 노예 세 명이 머리에 이고는 도시로 향했다.

이 모든 일이 일어나는 와중에 선원들은 갑판 위 초승달 모양에 조용히 책상다리를 하고 앉아서 협상의 현장을 열심히 지켜봤고, 이제는 웅성웅성 만족한다는 말을 하는가 싶더니 자기들이 알고 있는 다른 협상과 비교하기 시작했다.

선원들의 말을 들어 보니 페르돈다리스에는 상인이 일곱 명 있는데, 협상이 시작되기 전에 한 명씩 선장에게 와서는 다른 상인들에 대해 은밀히 경고했다고 한다.

선장은 찾아온 모든 상인들에게 아름다운 벨준드에서 만든 와인을 권했지만 결코 설득하지 못했다. 하지만 이제 협상도 끝났겠다, 선원들이 그날의 첫 식사를 하려고 앉으니 선장이 와인통을 들고 나타났고 뚜껑을 조심조심 열어 다 함께 마시며 즐겼다. 선장은 자신이 협상을 성공시킨 덕분에 선원들의 눈에 존경심이 가득한 것을 알고는 마음으로 기뻐했다. 그렇게 선원들은 고향의 와인을 마셨고, 이내 아름다운 벨준드와 인근의 작은 도시 덜, 두즈를 떠올렸다.

그런데 선장이 내게는, 신성한 물건들 사이에 따로 놓아둔 작은 항아리를 꺼내 호박색 와인을 따라 주었다. 그 와인은 진하고 달콤해 마치 꿀 같으면서도 인간의 마음에 권한을 행사할 수 있는 힘 있고 열정적인 불씨를 지니고 있었다. 선장이 말하기로, 이 와인은 히안민산의 한 오두막에 살고 있는 여섯 식구의 비밀 기술로 아주 공들여 만들어졌다고 한다.

한번은 선장이 그 산에 올랐다가 곰의 자취를 따라갔는데 마침 그 곰을 사냥하려는 남자를 마주쳤고, 위에서 말한 가족의 일원인 그 남자는 사방이 낭떠러지인 좁은 길목의 끝자락에 서 있었다. 그가 던진 창이 곰에게 꽂혔지만 타격이 그리 크지 않았고 그에게는 다른 무기도 없었던 것이다.

곰이 상처 때문에 아주 느렸지만 계속 다가와 이제는 아주 가까워진 찰나였다. 선장은 자신이 어떻게 했는지는 말해 주지 않았지만 그 후로 매년 눈길이 딱딱해져 히안민산을 오르기 쉬워지면, 어김없이 그 남자가 평원에 있는 시장으로 내려와 아름다운 벨준드의 대문에 선장을 위해서 그 값지고 신비한 와인 한 단지를 놓고 간다고 했다.

선장이 하는 이야기를 들으면서 와인을 홀짝이던 나는 오래전 굳은 결심으로 계획했던 숭고한 것들을 떠올렸고, 내 안에서 마음의 힘이 점점 강해져 얀 강의 물결을 온통 지배하는 듯했다. 아마 이때쯤 잠든 것 같다. 아닐 수도 있는 게, 그날 아침 있었던 일의 세세한 것까지는 기억나지 않는다. 저녁이 다가올 무렵 잠에서 깨어났고, 아침이 되어 떠나기 전에 페르돈다리스를 보고 싶다는 생각이 들었다.

선장을 깨울 수는 없었기에 혼자 강가에 갔다. 확실히 페르돈다리스는 힘 있는 도시였다. 둘러싸고 있는 아주 튼튼하고 높은 벽에는 군대가 드나들 수 있도록 길이 있었고, 총안銃眼이 주욱 뚫려 있었으며, 일정한 간격으로 열다섯 개의 튼튼한 요새가 버티고 있는가 하면, 사람들이 읽을 수 있는 높이에 구리 현판 하나당 하나의 언어를 사용해 그쪽 사람들이 쓰는 모든 언어로, 페르돈다리스를 공격했던 군대가 어떤 일을 당했는지 새겨 놓았다.

페르돈다리스에 들어가니 밝은색 비단옷을 입은 사람들이 춤을 추고 탐방 박자에 맞추어 흥을 내고 있었다. 듣자 하니 내가 잠든 사이 무서운 폭풍우가 겁을 주고 가면서 페르돈다리스 위로 죽음의 불꽃이 넘실거렸고, 커다랗고 컴컴하고 무시무시한 천둥이 저 먼 언덕으로 풀쩍 뛰어가다가 주위를 둘러보며 언덕에 대고 시퍼런 이빨을 들이밀고는 으르렁거리더니, 언덕 꼭대기가 청동으로 된 듯이 뎅뎅 울릴 때까지 쿵쿵 밟아 대면서 갔다고 한다.

사람들은 자꾸만 기쁨의 춤을 멈추고는 알지 못하는

신에게 기도를 바쳤다.

"오, 우리가 알지 못하는 신이시여. 천둥을 언덕으로 돌려보내 주셔서 감사합니다."

발걸음을 옮겨 시장으로 갔더니, 그곳 대리석 길 위에서 한 상인이 얼굴과 손바닥을 하늘로 향하게 두고는 곯아떨어져 코를 심하게 골고 있고, 옆에서 노예들이 파리를 쫓으려 부채질을 해 주고 있는 광경이 보였다.

나는 은 신전으로 갔다가 줄 마노瑪瑙로 된 궁전에 갔다. 페르돈다리스에 신기한 것들이 많았기에 남아서 다 보고 싶었지만, 바깥쪽 벽에 이르러 거대한 상아문을 마주했다. 잠시 그 앞에 서서 감탄하다가 더 가까이 갔을 때, 끔찍한 진실을 알게 됐다. 그 문은 하나의 단단한 조각이었던 것이다!

그 자리에서 문을 빠져나와 배까지 줄행랑쳤고, 달리고 있는데도 저 거대한 상아를 떨어트린 무시무시한 괴물이 뒤쪽 멀리 언덕에서 쿵쿵대며 오고 있는 것만 같았다. 상아를 찾으러 오고 있을지도 모르는 일이었다. 다시 배에 오르고 나서야 안전함을 느꼈고, 선원들에게는 이야기하지 않았다.

선장이 슬슬 잠에서 깨어난 참이었다. 이제 동쪽과 북

쪽에서 밤이 다가오고 있었지만 페르돈다리스 요새 꼭대기는 여전히 햇빛을 받고 있었다. 나는 선장에게 가서 무엇을 봤는지 조용히 얘기했다.

선장이 선원들은 모르고 있을 문에 대해 나지막한 소리로 질문하기에 나는 무게를 봐서는 절대 멀리서 옮겨왔을 리 없다고 답했고, 선장도 그 문이 일 년 전에는 없었다는 걸 알고 있었다. 우리 둘 다 그런 짐승이라면 인간이 공격했다고 해도 죽일 수 없었을 터이며 그 문은 분명, 최근에 떨어진 상아임이 틀림없다고 맞장구쳤다.

선장은 당장 이곳을 뜨는 게 좋겠다고 결정해 명령을 내렸고, 이에 선원들 몇 명은 돛을 펼치러, 또 몇 명은 닻을 올리러 분주히 움직인 끝에, 대리석 요새 꼭대기에서 마지막 햇빛 줄기가 사라지는 순간 우리는 페르돈다리스, 그 유명한 도시를 떠날 수 있었다. 밤이 내려와 페르돈다리스를 가리며 우리 눈에 보이지 않게 숨겼는데, 일이 일어난 탓에 그 후로도 영영 볼 수 없었다. 들려온 소식에 따르면 민첩하고 굉장한 무언가가 하루 아침에 페르돈다리스를, 그 요새와 벽과 사람들을 파괴했다는 것이다.

얀 강 위로 밤이 깊어졌다. 별이 총총한 은백색 밤이었다. 밤이 오자 키잡이의 노래가 올라왔다. 키잡이는 기도를 마치자마자 외로운 밤 동안 기운을 차릴 수 있게 노래를 불렀다. 하지만 먼저 키잡이의 기도를 읊조렸다. 그 열대야에 한껏 울려 퍼지던 박자와는 사뭇 다르겠지만 기억나는 대로 옮겨 보겠다.

신은 무엇이든 들으시리.

선원들이 강에 있든 바다에 있든, 가는 길이 어둠 속이든 태풍 속이든, 앞에 놓인 위험이 짐승이든 바위든, 적이 땅에 숨어 있든 바다에서 뒤쫓아 오든, 키의 손잡이가 차갑고 키잡이가 굳어 있는 곳 어디든지, 선원들이 잠들어 있고 키잡이 지키고 있는 곳 어디든지, 지키고 인도해 우리를 알고 있는 땅으로 돌려보내 주시리. 우리가 알고 있는 머나먼 고향땅으로 보내 주시리.

존재하는 모든 신에게 바치네.

신은 무엇이든 들으시리.

키잡이가 기도하고, 고요가 흘렀다. 선원들은 잠을 청하려고 몸을 뉘였다. 고요함은 짙어졌다가 얀 강이 가볍게 뱃머리에 와 닿을 때만 살짝 깨졌다. 강에 사는 짐승이 이따금 기침을 할 때도 있었다.

고요함과 물결, 물결과 고요함의 연속이었다.

그리고 키잡이는 외로움이 찾아오자 노래를 불렀다. 그는 덜과 더즈 사람들이 시장에서 부르는 노래를 불렀고, 벨준드에서 전해져 오는 용 전설도 불렀다.

키잡이는 드넓고 이국적인 얀에게 고향 도시 덜의 소소하고 사소한 이야기들을 많이도 불러 줬다. 그렇게 노래가 어두컴컴한 정글 위로 부풀어 올라 맑고 찬 공기까지 올라갔고, 얀을 굽어보는 거대한 별 무리도 덜과 더즈에서 일어난 일, 두 도시 사이 들판에 사는 양치기 이야기, 양치기들이 모는 양 이야기, 그들이 사랑한 사랑 이야기, 그들이 하고파 했던 소소한 것들을 하나까지 다 알게 됐다. 가죽과 담요를 둘러 덮고 누운 나는 이 노래들을 들으면서, 밤을 활보하고 다니는 검은 거인처럼 생긴 거대한 나무의 환상적인 형상을 보다가 이내 잠들었다.

잠에서 깼을 때는 커다란 안개가 얀에서 스르르 물러가고 있었다. 강물이 요동을 치며 흐르자 작은 물결이 생겼다. 얀이 저 멀리서 글롬의 험한 바위를 감지했고, 앞에 시원하니 놓인 그 산골짜기에서 설원을 즐기고 있는 명랑하고 거친 이릴리온을 만날 것을 알았던 것이다. 이에 얀은 덥고 향이 강한 정글에서 느꼈던 무기력한 잠을 떨쳐 버리고, 정글의 난초와 나비도 잊어버린 채, 앞

일을 알고 있는 강물의 강렬한 기세로 요동치며 흘러갔다. 곧 눈 쌓인 글롬 언덕 꼭대기가 시야에 반짝거리며 들어왔다.

이제 선원들이 잠에서 깨어나고 있었다. 이내 모두 밥을 먹었고, 그제서야 키잡이는 동료에게 자리를 내어 주고 잠을 청하려 누웠다. 선원들은 키잡이에게 특등품 털옷을 덮어 주었다.

얼마 안 있어 이릴리온이 설원에서 춤추며 내려오는 소리가 들렸다. 글롬 언덕의 골짜기는 깎아지른 듯하면서도 부드러운 자태였고, 얀은 도약을 거듭하며 우리를 그쪽으로 날랐다. 푹푹 찌는 정글을 빠져나오니 산공기가 느껴졌다. 선원들은 일어나 숨을 깊이 들이마시면서 아득한 아크로크티아 구릉에 있는 덜과 더즈를, 그 아래 평원에 들어서 있는 아름다운 벨준드를 떠올렸다.

글롬 절벽 사이를 거대한 그림자가 내리덮었는데도, 위쪽에 있는 바위들은 혹 난 달처럼 빛나 어둠을 밝힐 정도였다. 이릴리온의 노래가 더욱더 커졌다. 설원에서 내려오며 춤추는 소리였다. 머지않아 안개로 덮여 하이얀 이릴리온이, 산 정상 근처 태양의 하늘 정원에서 뽑아 온 작고도 섬세한 무지개로 둘러싸인 이릴리온이 보였다.

곧 이릴리온이 커다란 잿빛 얀과 만나 바다를 향해 흘렀고 골짜기가 넓어지면서 활짝 열리니, 흔들리는 우리의 배가 일광을 받았다.

그리고 그 아침과 오후 내내 우리는 폰두베리 습지를 지났다. 얀은 거기에서 넓어져 엄숙하게 느릿느릿 흘렀고, 선장이 습지의 황량함을 이겨 내야 하니 시종(時鐘)을 울리라고 선원들에게 명했다.

마침내, 펜카이와 블럿 마을을 품고 있는 이루시아 산맥과 성직자들이 포도주와 옥수수로 산사태를 달래는 구불구불한 길 믈로가 시야에 들어왔다. 틀런 평원에 밤이 찾아왔고 카파다르니아의 빛이 보였다. 이마웃과 골준다를 지날 때는 패스나이트들이 드럼 두드리는 소리가 들렸고, 이내 키잡이만 빼고 모두가 잠들었다. 그렇게 얀 강가에 드문드문 있는 마을들은 알 수 없는 언어로 알 수 없는 도시를 노래하는 키잡이의 소리를 밤새 들었다.

영문을 알 수 없이 찌뿌둥한 기분으로 새벽이 오기도 전에 잠에서 깼다. 생각해 보니 그 이유는, 예측할 수 있는 가능성을 다 따져 봤을 때 다가오는 저녁이면 바울얀에 도착할 것이고, 그러면 선장, 선원들과 헤어져야 하기 때문이었다. 나는 소중한 물건들 사이에 놓아둔 호박색 포도주를 내게 주고, 아크로크티아 구릉과 히안민 사이에 위치한 아름다운 벨준드 이야기를 많이 들려준 선장이 좋았다. 선원들이 행동하는 방식도, 저녁이면 옆으로 늘어서서 기도를 올리고 그러면서도 생소한 신을 믿는다고 서로를 못마땅해하지 않는 그들이 좋았다.

덜과 더즈 얘기를 꺼낼 때의 부드러운 말투도 좋았다. 자신의 고향을 좋아하고 그 고향을 받치고 있는 나지막한 산을 사랑한다는 게 참 보기 좋았다.

항해하면서 나는 그들이 집에 돌아갔을 때 누구를 만날 것인지, 어디서 만날 것인지도 알게 됐다. 몇 명은 얀에서 길이 이어지는 아크로크티아 구릉의 골짜기에서 만난다고 했고, 몇 명은 도시의 문에서 만난다고 했고, 또 누구누구는 집의 화롯가에서 만난다고 했다. 페르돈다리스 바깥에서 우리를 위협했던, 그 후로 실제로 일이 벌어졌으니 아주 현실적이었다고 할 수 있는 그 위험도 떠올려 봤다.

춥고 외로운 밤에 키잡이가 힘내려고 부르던 노래, 우리의 생명을 조심스레 품어 주던 그 손도 떠올랐다. 이런 생각을 하고 있는데 키잡이가 노래를 멈추기에 올려다봤더니 하늘에서 어렴풋한 빛이 비추고 있었다. 외로운 밤이 지나간 것이다. 새벽이 넓어지고 선원들이 잠에서 깼다.

곧 얀의 경계 사이로 의연하게 나아가고 있는 바다가 보였고, 얀이 유연한 자태로 바다에게 튀어오르더니 둘이 한동안 씨름을 벌였다. 얀과 그 모든 것들이 북쪽으로 밀려나는 바람에 선원들이 돛을 올려야 했지만 바람이 순조로운 덕에 앞으로 나아갈 수 있었다.

그렇게 우리는 곤도라와 날, 하즈를 지났다. 그렇게 우리는 기억에 남을 만한 신성한 골누즈를 봤고 순례자들의 기도 소리를 들었다.

낮잠에서 깨어나 보니 얀 강의 마지막 도시 넨에 가까워지고 있었다. 또다시 사방이, 넨의 사방이 정글이었다. 거대한 믈룬 산맥이 가장 위에 버티고 서서는 정글 너머 도시를 지켜보고 있었다.

여기에서 닻을 내렸고, 선장과 나는 도시로 걸어 올라가 넨에 찾아온 '배회자들'을 볼 수 있었다. 배회자들은 기이하고 어두운 종족으로, 칠 년마다 한 번씩 저 너머 자신들의 환상적인 땅에서 출발해 길을 건너고 믈룬 정상을 넘어 여기로 내려온다고 한다.

넨 사람들이 전부 집 밖으로 나와 자기 도시의 길거리

를 신기한 눈초리로 보고 있었다. 그도 그럴 것이 배회자들은 지나가는 내내 남녀 가리지 않고 무리를 지어서는 저마다 이상한 짓을 하고 있었다.

어떤 이들은 사막 바람에게서 배운 경악스러운 춤을 눈이 따라갈 수 없을 정도로 빠르게 굽이굽이 소용돌이치듯 추고 있었다. 또 어떤 이들은 사막에서, 자신들이 떠나온 머나먼 낯선 사막에서 밤 사이 길을 잃은 영혼들이 알려 준 아름답고도 구슬프게 공포가 가득한 곡조를 연주하고 있었다.

배회자들이 연주하는 악기는 넨에서나, 얀 지역 어디에서나 생소한 것이었다. 몇몇 악기에 달린 뿔도 끝에 미늘이 달린 걸 보니 강에서는 보지 못한 짐승의 것이었다. 그리고 배회자들은 누구의 것도 아닌 언어로, 어두운 곳에 어김없이 나타나지만 이유를 알 수 없는 두려움, 밤의 불가사의와 비슷한 노래를 불렀다.

넨에 사는 모든 개들은 배회자들을 격렬히 경계했다. 배회자들은 서로서로 무서운 이야기를 하고 있었는데 그들의 언어를 알아듣는 사람은 넨에 아무도 없었지만 어떻게 알았는고 하니, 듣는 이가 겁먹은 표정을 하고 있는가 하면 이야기 보따리가 풀리는 사이 마치 매에게 잡힌 조그만 동물처럼 눈 흰자에 공포가 생생히 서려 있었기 때문이다. 그러면 이야기하는 사람은 씩 웃으며 말을 멈추고 상대방이 이야기를 시작한다.

이내 첫 번째로 이야기했던 사람의 입술이 파르르 떨린다. 그리고 치명적인 뱀이 나타나도 배회자들은 뱀을 형제로 맞아 주었고 뱀도 지나가기 전에 환영인사를 건네는 듯했다. 한번은 가장 맹렬하고 치명적인 열대뱀인 거대한 리드라가 정글에서 나와 넨의 중심가를 기어 내려갔지만 배회자들은 피하기는커녕, 굉장히 존경스러운 사람을 만났다는 듯이 드럼을 낭랑하게 두드렸다. 그 뱀은 아무도 공격하지 않고 배회자들 무리 한가운데를 지나갔다.

배회자들은 아이들조차 이상한 짓을 했다. 배회자들 아이와 넨 마을 아이가 마주치면 두 아이는 눈을 커다랗고 진지하게 뜬 채 말없이 서로를 응시했다. 그러다가 배회자들 아이가 터번에서 살아 있는 물고기나 뱀을 슬쩍 꺼내는 것이다. 넨 아이들은 그 비슷한 행동도 하지 못했다.

나는 더 머물면서 그들이 밤을 맞이하며 부르는 찬가와 물론 고지대 늑대들이 대답으로 짖는 소리도 정말 듣고 싶었지만, 선장은 바울얀에서 육지로 향하는 물살을 타고 돌아가야 하기에 당장 닻을 올려야 했다. 우리는 다시 배에 올라 얀 강을 내려갔다. 선장과 나는 오래 이어질 것이 분명한 우리의 헤어짐을 생각하느라 거의 말을 나누지 않았고, 대신 찬란하게 서쪽으로 기우는 태양을 지켜봤다. 붉은 금빛 태양 아래로, 옅은 안개가 낮게 깔려 정글을 감쌌고 작은 정글 도시에서 온 연기를 퍼부었다. 연기들은 안개 속에 뒤섞여 하나의 아지랑이가, 보랏빛 아지랑이가 되어 태양의 빛을 받았다. 위대하고 신성한 광경을 접하면 사람들의 생각도 신성해지기 마련이다. 외딴 집에서 떠오른 연기 기둥이 도시의 연기보다 높이 올라가, 태양 속에서 어슴푸레 반짝였다.

마지막 햇빛이 거의 수평을 이루었을 때 나는 보게 될 것이었던 광경을 보았다. 강기슭의 산 두 줄기에서 이어진 분홍빛 대리석 절벽은 낮게 비치는 햇빛을 받아 온통 빛났고, 산처럼 높고 매끄러운 두 절벽이 거의 닿을 것 같은 지점에서는 얀 강이 넘실거리다 바다를 만났다.

여기가 바로 바울얀, 얀의 문이었다. 절벽 경계 사이로 저 멀리, 작은 낚싯배가 어렴풋이 반짝이며 지나가는, 무어라 형언할 수 없는 옥색 바다가 보였다.

해가 지고 잠시 땅거미가 내리니 바울얀의 영광이 주는 환희가 사라졌지만 분홍빛 절벽만은 여전히 반짝였고 이건 눈으로 볼 수 있는 가장 아름다운 광경이었다—그리고 이곳은 신비의 땅이었다. 곧 고개를 내민 별들에게 땅거미가 자리를 내어 줬고 바울얀의 색채가 사그라졌다. 내게 절벽의 광경은 어느 바이올린 대가가 쏘아 올린 화음처럼, 떨고 있는 인간의 영혼을 하늘이나 요정 나라로 데려가는 화음처럼 느껴졌다.

이제 배는 더 이상 나아가지 않고 그곳에 정박했는데, 그들은 강의 선원이지 바다의 선원이 아니어서 얀은 잘 알았지만 그 너머는 알지 못했기 때문이다.

그렇게 선장과 내가 이별해야 하는 시간이 왔다. 선장은 히안민 꼭대기가 보이는 아름다운 벨준드로 돌아가고, 나는 익숙하지 않은 길을 거쳐 모든 시인들이 알고 있는 안개 낀 들판까지 찾아가야 했다. 그곳에 늘어서 있는 작고 신비한 오두막에서는 창문으로 서쪽을 보면 사람들의 들판이 있고, 동쪽을 보면 꼭대기가 눈으로 덮여 반짝이는 요정의 산줄기가 산맥에 산맥으로 이어져 전설의 지역까지 닿고, 그 너머로 꿈의 땅에 속한 환상의 왕국까지 닿는다. 해가 흘러갈수록 내 상상은 약해지고 있고 내가 꿈의 땅에 가는 일도 점점 없을 터이니, 서로 다시는 만나지 못하리라는 것을 알기에 선장과 나는 한참을 서로 바라봤다. 악수를 했는데, 악수는 그쪽 나라의 인사 방식이 아니기 때문에 선장이 손을 어색하게 흔들었고, 그러고 나서 선장은 자신이 모시는 신들, 지위가 조금 덜한 신들, 낮은 신들, 벨준드를 축복하는 신들에게 내 영혼을 살펴 주기를 기도했다. ♣

페더탑

마더 릭비가 소리쳤다.

"딕컨, 담배에 불붙일 숯!"

담뱃대는 소리치고 있는 노부인의 입에 물려 있었다. 마더 릭비는 담뱃대에 담뱃잎을 채운 뒤 입에 물었지만, 화로에 대고 불을 붙이려 몸을 구부리지도 않았고 사실 화로에는 그날 아침 불을 피운 흔적도 없었다. 그런데 명령이 떨어지자마자 담배통에서 새빨간 빛이 났고, 마더 릭비의 입술에서 연기 한 모금이 흘러나왔다. 숯이 어디에서 났는지, 어떻게 보이지 않는 손이 숯을 가져다 놓았는지는 알 방법이 없다.

마더 릭비가 고개를 끄덕이며 말했다.

"좋군! 고맙네, 딕컨! 이제 허수아비를 만들어야지. 딕컨, 다시 일이 생길지도 모르니까 부르면 들리는 데 있어!"

친절한 부인이 그렇게 일찍 (아직 해도 안 뜬 걸 보면) 일어난 건 옥수수밭 한가운데 세워 놓을 허수아비를 만들기 위해서였다. 이제 오월 말이었던 터라 조그맣게 돌돌 감긴 초록색 잎이 막 땅을 뚫고 나왔는데, 까마귀와 검은 새가 벌써 찾아냈던 것이다. 그래서 마더 릭비는 어떤 허수아비보다도 사람처럼 생긴 허수아비를 머리부터 발끝까지 얼른 만들어, 바로 그날 아침부터 보초로 세워야겠다고 마음먹었다.

(모르는 사람이 없겠지만) 마더 릭비는 뉴잉글랜드에서 최고로 노련하고 솜씨 좋은 마녀였고, 제아무리 목사라고 해도 소스라치게 놀랄 만큼 추한 허수아비를 별 수고도 들이지 않고 만들어 냈다. 하지만 이번만큼은 마더 릭비가 보기 드물게 기분 좋은 상태로 잠에서 깨어났고 담배를 피며 한결 더 온화해졌던 터라, 흉측하고 끔찍한 허수아비 대신 훌륭하고 멋진, 아주 굉장한 허수아비를 만들기로 했다.

"내 옥수수밭에 도깨비를 세워 놓고 싶지는 않군. 그것도 문간 바로 앞인데."

마더 릭비가 혼잣말을 하며 연기를 한 모금 내뿜었다.

"내킨다면 할 수도 있지만 멋들어진 걸 만드는 데 질렸어. 그러니 그저 일상적인 범위 안에서 변화를 줘야겠군. 게다가, 내가 마녀기는 해도 근처 꼬마들을 겁줘 봤자 아무 소용 없으니."

그래서 마더 릭비는 재료가 허락하는 선에서 이 시대 최고의 신사 모형을 만들어야겠다고 마음을 굳혔다. 마더 릭비의 허수아비를 구성한 주요 재료를 열거하는 게 좋을 듯싶다.

겉에서 잘 보이지는 않지만 가장 중요한 재료는 마더 릭비가 한밤중에 타고 다니며 공중질주를 하던 빗자루로, 이제는 허수아비의 척추를, 못 배운 사람들이 쓰는 말로는 등뼈를 담당하게 되었다. 팔 한쪽은 굿맨 릭비가 이 골치 많은 세상에서 배우자 때문에 걱정할 일이 없던 시절 휘두르고 다니던 고장난 도리깨였고, 나머지 한쪽은 내가 잘못 안 것이 아니라면 푸딩 만들 때 쓰는 막대기와 의자의 부러진 가로대를 팔꿈치 부근에서 느슨하게 엮어 만든 것이었다. 다리로 말하자면 오른쪽은 괭이 손잡이였고 왼쪽은 장작더미에서 꺼낸 특별할 것 없는 막대기였다. 폐나 배 같은 부분은 조촐히 볏짚을 채운 종이 봉지였다.

이렇게 허수아비의 뼈대와 전체적인 형체는 알아볼 수

있었지만 아직 머리가 남아 있었다. 놀랍게도 머리는 약간 시들어 쭈글쭈글한 호박으로, 마더 릭비가 구멍 두 개를 뚫어 눈을 만들고 구멍 하나를 째어서 입을 만든 후에 정가운데에 푸르뎅뎅한 문고리를 코 삼아 달았다. 정말이지 꽤나 괜찮은 얼굴이었다.

마더 릭비가 말했다.

"인간 어깨에 놓여진 얼굴도 훨씬 못생긴 걸 여럿 봤는데, 뭘. 게다가 멋진 신사들도 내가 만든 허수아비처럼 호박 머리를 달고들 다니잖아."

하지만 이 허수아비의 경우에 옷은 인간이 만든 것을 입힐 예정이었다. 그래서 친절한 노부인이 옷걸이에서 옷을 하나 끄집어냈는데, 오래된 런던제 자주색 외투로 솔기와 소맷부리, 주머니 덮개, 단춧구멍에 자수가 놓아진 흔적이 남아 있지만 팔꿈치는 기워져 있고 옷자락은 닳았으며 온통 실밥이 드러나 있는 등 안타까울 정도로 해지고 빛이 바랜 옷이었다.

왼쪽 가슴에 둥그렇게 난 구멍은 고귀함을 상징하는 별이 달려 있었는데 누군가 잡아 뜯었거나 원래 입던 사람의 뜨거운 심장에 홀랑 타 버린 것이리라.

이웃들은 이 화려한 옷이 블랙맨의 옷장에 있던 것으

로, 블랙맨이 주지사와의 식사 자리에서 돋보이고 싶을 때 간편히 입으려고 마더 릭비의 오두막에 가져다 놓은 것이라고들 말했다. 외투에 어울릴 만한 옷으로는 크기가 아주 넉넉한 벨벳 조끼가 있었는데, 이 벨벳 조끼는 시월의 은행잎만큼이나 환한 금빛 나뭇잎 모양으로 수놓아져 있었지만 벨벳에서 거의 사라져 있었다.

다음으로 입힌 주홍색 바지는 프랑스 출신의 루이스버그 주지사가 한때 입었던 바지로, 무릎 부분이 루이 14세의 왕좌 아랫계단에 닿았던 적이 있다. 프랑스인 주지사는 이 반바지를 인디언 주술사에게 줬고, 인디언 주술사는 숲속 무도회에서 증류주 한 컵을 얻기 위해 늙은 마녀에게 이 반바지를 아쉬워하며 내어 줬다.

이에 그치지 않고 마더 릭비는 실크스타킹을 꺼내어 허수아비 다리에 신겼지만, 두 나무막대기의 실체가 구멍으로 너무나 적나라하게 드러나는 바람에 스타킹은 마치 꿈처럼 헛것으로 보였다. 마지막으로 마더 릭비는 호박의 휑한 머리에 죽은 남편의 가발을 씌웠고 이 모든 것 위에는 수탉의 가장 긴 꼬리 깃털이 꽂힌 칙칙한 삼각모를 얹었다.

노부인은 허수아비를 오두막 한 모퉁이에 세워 놓더

니, 최고급 코가 공중으로 불쑥 치솟아 있는 누르딩딩한 얼굴의 형체를 보면서 킥킥 웃었다. 허수아비는 어딘지 모르게 만족해 하는 듯한 분위기를 풍겼고 "와서 날 보시지!"라고 말하는 것 같았다.

마더 릭비가 자기 작품을 감탄하듯 바라보며 말했다.

"너 참 볼 만하구나, 진짜란 말이지! 마녀가 되고 나서 인형을 수없이 만들어 봤지만 이거야말로 최고인 듯하군. 허수아비로 쓰기엔 너무 좋단 말이지. 어찌 됐든, 담뱃대에 신선한 담뱃잎만 채우고 저걸 옥수수밭에 내다 놔야겠군."

마더 릭비는 담뱃잎을 채우면서도 거의 모성애에 가까운 애정으로 구석의 허수아비를 바라봤다. 운이든 실력이든 마법 자체의 힘이든, 누더기 장신구로 치장한 이 우스꽝스러운 형상에 놀랍게도 인간 같은 면모가 있는 건 사실이었다. 얼굴로 말하자면 누르딩딩한 표면이 쭈글쭈글한 것이, 자신이 인간에게 조롱거리라는 사실을 알고 있다는 듯이 경멸과 유쾌함을 담은 재미난 미소를 짓고 있었다. 마더 릭비는 허수아비를 계속 쳐다볼수록 기분이 좋아졌다.

마더 릭비가 날카롭게 소리쳤다.

"딕컨, 담배에 불붙일 숯!"

아까와 마찬가지로 마더 릭비가 말을 채 마치기도 전에, 빨갛게 타오르는 숯이 담뱃잎에 얹어져 있었다. 마더 릭비가 길게 들이마셨다가 내뿜은 연기는 먼지투성이 창문을 애써 뚫고 들어온 아침 햇살 아래로 퍼졌다. 마더 릭비는 어느 굴뚝에서 나온 숯의 향이 좋다며 늘 그 숯을 고집했다. 하지만 그 굴뚝이 어디인지, 숯을 가져오는 게 — 딕컨이라는 이름에 반응하는 듯한 보이지 않는 심부름꾼이 — 누구인지는 알 수 없다.

마더 릭비는 허수아비에 시선을 고정시킨 채 골똘히 생각했다.

"저기 있는 저 인형은 여름 내내 옥수수밭에 서서 까마귀랑 검은 새한테 겁이나 주고 있기에는 너무 아까워. 더 괜찮은 걸 할 수 있을 텐데. 아니, 숲에서 마녀 모임이 있을 때도 파트너가 마땅치 않으면 저것보다 더 못생긴 사람이랑 춤도 췄는데, 뭐! 저 아이를 볏짚인간들, 바깥세상에서 요란하게 돌아다니는 속 빈 강정들 사이에서 살아가게 해도 괜찮지 않겠어?"

늙은 마녀는 담배를 서너 모금 더 피면서 미소를 지었다.

"나갔다 하면 친구 놈들을 만날 수 있을 테지! 흠, 이제 담배에 불붙이는 것 말고 마법은 쓰지 않으려고 했지만, 어쨌든 난 마녀고 마녀짓이 내 천성인데 굳이 피해서 뭐 하겠어. 쓸모없는 짓이라고 해도 내 허수아비를 사람으로 만들 거야!"

마더 릭비는 말을 중얼거리면서 담뱃대를 입에서 빼어, 허수아비의 호박 얼굴에서 입을 나타내는 틈으로 쑤셔 넣었다.

"빼끔하렴, 아가, 빼끔!"

마더 릭비가 말했다.

"연기를 내뱉으란 말이야, 요놈아! 네 생명이 달린 일이니!"

그저 막대기와 볏짚, 헌옷가지, 머리 삼아 쭈글쭈글한 호박이 얹혀 있는 것에 불과한, 우리가 알기로는 허수아비일 뿐인 존재에게 하는 권고치고는 참 이상한 게 사실이다. 그럼에도 불구하고, 꼭 신경 써서 기억해 두고 있어야 할 것이 마더 릭비는 실력이 뛰어난 마녀라는 점이다. 그러니 이 사실을 염두에 두고, 이 이야기에서 일어나는 엄청난 일의 진실성만을 봐야 한다. 정말이지, 다음에 일어날 일만 믿는다면 누구든 큰 어려움도 단번에 극

복할 수 있을 것이다. 노부인이 허수아비에게 연기를 내뱉으라고 명령하자마자 허수아비의 입에서 연기가 흘러나왔던 것이다. 굉장히 가느다란 연기였다. 하지만 연기는 한 줄기씩 나올 때마다 점점 더 진해졌다.

마더 릭비는 제일로 기분 좋은 미소를 띤 채 반복해서 말했다.

"내뱉으렴, 내 아가! 연기를 빠끔해야지, 예쁜 것! 너에게는 이게 생명의 숨결이란다. 그러니 내 말을 그대로 새기렴."

담뱃대는 정말 마법에 걸린 게 분명했다. 틀림없이 담뱃잎이나, 아주 불가사의하게 담뱃잎 위에서 열렬히 불타고 있는 숯이나, 불붙은 담배에서 나오는 코를 찌르는 향의 연기에 마법이 걸려 있을 터였다.

허수아비는 탐탁지 않은 몇 번의 시도 끝에 마침내, 어두운 구석에서 햇살 쪽으로 연기를 연신 내뿜었다. 연기는 뻗어나가 회오리치다가 먼지티끌 사이로 차츰 사라졌다. 무던히도 힘든 모양이었다. 숯이 여전히 타오르면서 허수아비의 얼굴을 비추고 있는데도 그다음 연기는 더 가늘어졌기 때문이다.

늙은 마녀는 비쩍 마른 두 손을 맞부딪히며 자신의 작

품을 향해 격려의 미소를 보냈다. 마법은 효과가 좋았다. 전까지만 해도 전혀 얼굴이라고 할 수 없었던 쭈글쭈글하고 누르딩딩한 얼굴에 벌써부터 아주 희미하고 몽롱한 의식이 왔다갔다 스쳤던 것이다. 완전히 사라지는 순간도 있었지만, 담뱃대에서 연기가 한 모금 나오면서는 전보다 뚜렷해졌다. 우리가 심심풀이로 공상에 잠겨 스스로를 반쯤 속이면서 형태가 불분명한 구름에 생명을 부여하듯이, 마찬가지로 허수아비 전체에도 생명이 모습을 드러냈다.

이 문제를 깊이 파고들려면, 우선 누추하고 너덜너덜하며 쓸모도 없고 관절이 엉망으로 연결되어 있는 이 허수아비의 외관에 실질적인 변화가 있었는지부터 의심해야 할 것이다. 빛과 그림자의 교묘한 술수와 유령 같은 환상이 너무도 그럴듯하게 잘 꾸며져 있었기에 거의 모든 인간의 눈을 속일 수 있을 정도였다. 마법의 기적은 언제 봐도 아주 피상적인 신비함이 있는 듯하다. 어찌 됐든 이 추측이 진실에 가깝지 않다고 해도 더 나은 설명은 떠오르지 않는다.

마더 릭비는 여전히 소리치고 있었다.

"잘 불어야지, 요 녀석! 어서, 진한 연기를, 힘차게 내뿜으렴. 명령하건대 너의 생명을 위해 연기를 내뿜거라! 심장이 있다면, 그 심장에 밑바닥이 있다면 그 밑바닥에서부터 연기를 끌어내거라! 옳지, 다시! 담배를 정말 사랑하는 듯 입안 가득 빨아들이고 있구나."

그러더니 마녀는 허수아비에게 손짓을 했고, 그 손짓에 끌어당기는 힘이 어찌나 강하게 깃들었던지 자석의 신비한 부름에 철이 소환되듯 반드시 복종해야 할 것만 같았다.

"왜 구석에서 숨어만 있느냐, 게으른 것아? 앞으로 나오렴! 네 앞에 세상이 펼쳐져 있으니!"

맹세코, 내가 이게 일어날 법한 일인지 분석할 수 없을 정도로 어릴 때 할머니의 무릎에서 들었던 터라 굳게 믿었으니 망정이지, 그렇지 않았더라면 지금 뻔뻔하게 이 이야기를 할 수 있었을지 모르겠다.

허수아비는 마더 릭비의 명령에 응하여, 쭉 뻗은 마녀의 손을 잡으려는 듯 팔을 내밀며 앞으로 한 걸음 내딛었다. 하지만 이건 걸음이라기보다는 홱 하고 경련을 일으키는 모습이었고 그다음에는 비틀거리더니 균형을 잃을 뻔했다. 마녀가 무엇을 기대할 수 있었겠는가?

어쨌든 막대기 두 개 위에 꽂힌 허수아비에 불과했으

니. 하지만 굳센 의지의 노파가 한 번 쏘아보고는 손짓으로 기운을 모아 던지니, 썩은 나무토막과 곰팡내 나는 볏짚, 누더기 옷의 엉성한 조합물은 이 강력한 기운에 자신의 실체를 뒤로 하고 스스로 인간인 척할 수밖에 없었다. 그렇게 허수아비가 햇살 사이로 걸어 나왔다.

하나의 장치일 뿐인 이 불쌍한 녀석이, 그렇게 서 있었다! 인간 비슷하게 옷을 걸쳤지만 너무 얇디얇았다. 그 사이로 뻣뻣하고 삐걱대며 주위에 어울리지도 않고 너덜너덜하니 빛깔이 바래 아무짝에도 쓸모없는 잡동사니가, 자기가 서 있을 가치도 없다는 것을 알고는 금방이라도 바닥에 무너져 내릴 것만 같은 존재가 그렇게 서 있었던 것이다.

진실을 고백해야 하나? 허수아비가 생명을 얻은 그 순간에, 나는 로맨스 작가들이 (결단코 나는 아니다) 인구과잉의 허구 세계를 세우면서 수천 번을 사용했지만 그럴 가치가 전혀 없었던, 잡다한 재료로 만든 그런 실패에 불과한 미지근한 등장인물들이 생각났다.

하지만 성질 사나운 쭈그렁 할망구는 자신이 애써 만들어 놓은 창조물이 소심하게 행동하는 꼴을 보고는 화가 치밀어 올랐고, (뱀 한 마리가 쉬익 하며 가슴팍에서 고개를 들듯이) 그렇게 마더 릭비의 사악한 천성이 슬그머니 드러나기 시작했다.

마더 릭비는 격분하여 소리 질렀다.

"내뿜으라고, 몹쓸 것아! 빼끔, 빼끔, 내뿜으란 말이다, 볏짚으로 만든 텅 빈 것아! 이 누더기야! 볏짚 봉투야! 호박 머리야! 이 아무것도 아닌 것아! 너한테 딱 맞게 역겨운 이름을 어디서 찾는단 말이냐? 연기와 함께 네 환상적인 생명을 빨아들여야지! 안 그러면 네 입에서 담뱃대를 낚아채 가지고 그 새빨간 숯이 있던 곳에 너를 던져버리겠어!"

그렇게 협박받은 불행한 허수아비는 소중한 생명을 위해 담배를 피울 수밖에 없었다. 그래서 요구받은 대로 힘차게 담뱃대에 집중했고 마침내 상당한 담배연기를 뿜어내 조그만 오두막 부엌을 연기로 자욱하게 만들었다. 햇빛 한 줄기가 안개 사이를 뚫고 겨우 들어왔지만, 반대편 벽에 달린 금 가고 먼지 앉은 유리창을 제대로 비추지도 못했다.

그 사이 마더 릭비는 거무스름한 팔 한쪽을 허리에 짚고 나머지 한 팔은 허수아비에게 뻗은 채, 흐릿한 공기를 헤치고 불쑥 다가왔다. 가엾은 허수아비는 두려움에 떨면서 담배연기를 뿜었다.

분명히 해 두겠는데, 허수아비의 노력은 값진 결과를 가져왔다. 허수아비가 연기를 뿜을 때마다 희미하고 착잡한 얇은 연기는 간데없이 계속해서 두꺼운 연기가 나왔던 것이다. 게다가 허수아비의 옷도 마법의 힘을 받아 고귀하게 빛을 발했고, 오래전 뜯겼던 금빛의 정교한 자수가 반짝이기 시작했다. 그리고 연기 사이로 어렴풋이 드러난 누르딩딩한 얼굴은 활기 없는 눈으로 마더 릭비를 바라보고 있었다.

늙은 마녀는 주먹을 꽉 쥐고 허수아비에게 휘둘렀다. 꼭 화가 나서는 아니었고, 진실이 아니거나 적어도 유일한 진실은 아니지만 마더 릭비에게 어울리는 극단적인 신조, 허약하고 무기력해서 더 많은 감탄을 자아낼 수 없는 존재들은 겁을 줘야만 정신을 차린다는 신조에 따라 행동하고 있을 뿐이었다. 위기 상황이기는 했다. 마더 릭비는 바라던 결과가 나오지 않으면 그 비참한 모조품을 가차 없이 부수려고 했기 때문이다.

마더 릭비가 엄하게 말했다.

"인간의 생김새를 하고 있구나. 인간의 목소리도 흉내 낼 수 있다! 말할 것을 명하노라!"

허수아비는 숨을 헐떡이며 애쓴 끝에 마침내 웅얼거렸는데, 이게 정말 목소리인지 담배연기인지 구별하기 힘들 정도로 목소리가 연기 섞인 호흡과 하나가 되어 나왔다. 이 이야기를 전한 어떤 이들은, 마더 릭비의 마법과 열렬한 의지로 인해 마더 릭비를 잘 아는 영혼이 허수아비에 들어간 것이고 이 목소리도 그 영혼의 목소리였다고 한다.

억눌린 듯한 목소리가 웅얼거렸다.

"어머니, 저를 막 대하지 마세요! 기꺼이 말할 테니까요. 하지만 지성이 없으니 무슨 말을 할 수 있겠어요?"

"말을 했구나, 아가, 그렇지?"

마더 릭비가 매정하던 얼굴에 미소를 띠며 소리쳤다.

"무슨 말을 해야 할지 차암 궁금하구나! 음, 글쎄! 네 녀석은 텅 빈 해골의 형제여서 내게 무슨 말을 해야 할지 묻는 모양이구나? 말할 게 천지인 데다 그 말들을 수천 번이고 반복해야 할 마당에 말할 게 없단 말이지! 명하건대 두려워하지 말거라! (내 뜻에 따라) 네가 세상에 나아갔을 때 말할 거리가 부족해서는 되겠니. 말해야지! 아니, 그러니까 물레방아 물줄기처럼 재잘재잘 대란 말이다. 넌 그럴 머리가 있어, 있고말고!"

"시키시는 대로 기꺼이 할게요." 허수아비가 대답했다.

"아주 잘 말했구나, 이쁜 것. 말이 그럴싸하기는 하다만 의미는 없는 것이 꼭 너 같구나. 할 수 있는 말이 백 마디는 될 테고 그 말을 받쳐 줄 수 있는 말이 오백 마디는 될 게다. 자, 아가야, 내가 너를 만드느라 고생을 많이 했고 너는 그만큼 멋지니, 맹세코 이 세상 마녀가 만든 어떤 인형보다도 너를 사랑해 주마. 나도 온갖 재료로 인형을 만들어 봤지. 진흙, 밀랍, 볏짚, 막대기, 밤 안개, 아침 안개, 바다거품, 굴뚝 연기. 하지만 네가 으뜸이란다. 그러니 내 말을 잘 들어야 한다."

허수아비가 대답했다.

"네, 친절한 어머니. 성심껏 들을게요!"

늙은 마녀가 양손을 허리에 짚고 요란하게 웃었다.

"성심껏 듣는다고! 말도 참 예쁘게 하는구나. 성심껏 듣는다라! 그리고 너, 진짜 손이 있는 것처럼 왼쪽 허리춤에 손을 얹었구나!"

이제, 자신이 만들어 낸 허수아비의 환상적인 재간에 기분이 좋아진 마더 릭비는 허수아비가 큰 세상, 단언컨대 허수아비보다 더 실질적인 실체를 부여받은 인간이라고는 눈 씻고 봐도 찾기 힘든 큰 세상에 나가서 제 몫을 해야 한다고 말했다. 그리고 큰 세상의 상류층 사이에서도 머리를 꼿꼿이 들고 다닐 수 있도록 헤아릴 수 없이 많은 재산을 그 자리에서 당장 줄 것이라고도 했다.

재산이라는 것은 엘도라도 금광, 터진 방울의 주식 만 주, 천 평이 훌쩍 넘는 북극의 포도밭, 하늘에 있는 성, 스페인 성 등으로 여기에서 생기는 모든 임대료도 포함된다. 이에 그치지 않고 마더 릭비는 십 년 전 강령술을 써서 대양 한복판 가장 깊은 곳에 침몰시킨, 카디스 소금을 실은 화물선 한 척도 허수아비에게 넘겨주었다.

소금이 녹지 않아서 시장에 내다팔 수 있다면 어부들 사이에서 꽤 비싼 값에 팔릴 터였다. 마더 릭비는 당장 쓸 수 있는 돈도 넉넉히 쥐여 주기 위해서 자신이 가진 현금 전부인 버밍엄의 구리 화폐를 줬고, 상당한 크기의 놋쇠를 이마에 붙여 줬다. 놋쇠를 붙여 놓으니 그렇게 누르딩딩해 보일 수 없었다.

마더 릭비가 말했다.

"그 놋쇠만 있어도 지구 한 바퀴를 일주할 돈은 나올 게다. 뽀뽀해 주렴, 내 아가! 너를 위해 할 수 있는 건 다 했구나."

이뿐 아니라 이 굉장한 노부인은 모험가가 훌륭한 출

발을 하는 데 모자람이 없도록, 치안 판사이자 의회 의원, 상인, 교회 장로로서 (즉, 네 가지 지위를 가진 사람으로서) 이웃 도시사회의 우두머리라고 할 수 있는 사람에게 찾아갈 증표를 줬다. 증표라는 것은 더도 말고 덜도 말고 딱 한 마디 말이었고, 마더 릭비는 허수아비가 상인에게 속삭여야 할 그 한 마디를 허수아비의 귀에 대고 속삭였다.

"이 말만 귀에 대고 속삭이면 그 사람이 풍에 걸리긴 했어도 너를 위해 심부름이라도 해 줄 게다. 마더 릭비는 숭배받는 구킨 판사를 알고, 숭배받는 구킨 판사는 마더 릭비를 아니까!"

마녀는 주름진 얼굴을 인형의 얼굴에 가까이 대고는 웃음을 참지 못하고 킥킥대더니, 자신이 할 말을 생각만 해도 기분이 좋은지 온몸을 꼼지락거렸다.

"숭배받는 구킨 판사에게는 어여쁜 딸이 한 명 있단다. 잘 들어라, 내 새끼야! 넌 겉모습도 훌륭하고 지성도 충분히 갖추고 있어. 암, 그렇고말고! 다른 사람들을 보고 나면 네가 얼마나 괜찮은지 잘 알게 될 거다. 너의 외모와 내면을 봤을 때, 그 처자의 마음을 살 수 있는 남자는 바로 너란다. 의심하지 마렴! 꼭 그렇게 될 거라고 장담

하마. 용감한 얼굴을 들이밀고, 한숨을 쉬었다가 미소를 지었다가, 모자를 흔들어 보이면서 춤의 대가처럼 다리를 쭉 뻗고, 오른쪽 손을 왼쪽 허리춤에 얹으면, 아리따운 폴리 구킨은 바로 네 여자가 되는 게야!"

마더 릭비가 말을 하는 내내 새로운 창조물은 담뱃대에서 향이 밴 연기를 연신 들이쉬었다 내쉬었고, 이제는 자신의 존재에 필수적인 조건이기 때문만이 아니라 즐겁기 때문에 담배를 피는 것처럼 보였다. 하는 행동이 어찌나 과할 정도로 인간과 흡사한지 놀라울 따름이었다. (두 쪽이 달린 것처럼 보이는 눈으로) 마더 릭비를 쳐다보며 적절한 때에 고개를 끄덕이거나 흔들었다. 때에 맞는 추임새도 잊지 않았다.

"정말요! 그렇군요! 제발 말해 주세요! 그게 가능한가요! 맹세할게요! 안 돼! 오! 아! 흠!"

게다가 집중, 의문, 묵인, 듣는 사람으로서의 반대 의견이 피력된 진지한 발언도 했다.

옆에 서서 이 허수아비를 본 사람이 있다면, 늙은 마녀가 가짜 귀에 대고 퍼붓는 교묘한 조언을 허수아비가 완전히 이해했다고 확신할 수밖에 없었을 것이다.

담뱃대를 입에 착실히 가져다 댈수록 인간과의 흡사함

이 여실히 드러났다. 얼굴에는 현자 같은 표정이 선명했으며 몸짓이며 움직임이 점점 더 인간과 비슷해졌을 뿐 아니라 목소리도 쉽게 알아들을 수 있게 뚜렷해졌다.

입고 있는 옷은 환상과도 같은 웅장함으로 눈부시게 빛났다. 이 모든 놀라운 마술이 불타고 있는 담뱃대는 더 이상 연기에 그을린 흔하디흔한 담뱃대가 아니라, 도색된 담배통에 호박색 부리가 달린 해포석 담뱃대였다.

하지만 환상이나 다름없는 생명은 담배연기와도 같아 담뱃잎이 재로 변하는 동시에 끝을 맞이하리라는 것이 자명했다. 다행히 마귀할멈은 이 장애물을 예상하고 있었다.

"담뱃대를 채워 줄 테니 들고 있으렴, 소중한 아가."

마더 릭비가 담뱃대에서 재를 털어 내고 담뱃잎을 다시 채우러 가는 사이 훌륭한 신사가 허수아비로 시들어 버리는 모습을 보고 있자니 여간 슬픈 것이 아니었다.

마더 릭비는 높이 째진 목소리로 소리쳤다.

"딕컨, 이 담배에 불붙일 숯!"

말이 끝나기가 무섭게 담배통에서 강렬하게 불이 타올랐고, 허수아비는 마더 릭비의 명령을 기다리지 않고 담뱃대를 알아서 입에 가져다 대더니 짧게 발작적으로 빼끔빠끔거리다가 곧 안정을 찾아 차분하게 연기를 내뱉었다.

마더 릭비가 말했다.

"자, 마음으로 사랑하는 내 아가야, 무슨 일이 일어나도 이 담뱃대를 물고 있어야 한다. 네 생명이 담겨 있거든. 다른 건 몰라도 이것만은 잘 알고 있어야 해. 담뱃대를 꼭 물고 있으란 말이란다! 연기를 빠끔빠끔, 뭉게연기를 만들어야 해. 사람들이 물어보거든 건강 때문이라고, 의사가 그렇게 시켰다고 말하렴. 그리고 얘야, 담뱃잎이 떨어져 가거든 구석진 곳에 가서 (일단 연기를 들이마신 다음에) 날카롭게 외치렴. '딕컨, 신선한 담뱃잎!' 그다음에는 '딕컨, 담배에 불붙일 숯!'이라고 외치고 재빨리 담뱃대를 그 잘생긴 입에 물어야 한다. 그렇게 하지 않으면 금장 외투를 입은 정중한 신사가 아니라 막대기, 너덜너덜한 옷, 볏짚 봉투, 시들어 빠진 호박 덩어리가 되고 말테니까! 이제 출발하렴, 내 보물. 행운이 함께하길 비마!"

"걱정 붙들어 매세요, 어머니!"

허수아비는 듬직한 목소리로 말하고는 위풍당당하게 연기를 뿜었다.

"정직한 사람과 신사가 성공하는 세상에서라면 전 성

공할 거예요!"

"아이고, 너 때문에 못 살겠다!"

늙은 마녀가 발작적으로 웃음을 터트렸다.

"그 말 참 잘했구나. 정직한 사람과 신사가 성공하는 세상이라! 네 몫을 완벽히 할 수 있을 게다. 똑똑한 사람의 대표로 어서 가거라. 다리 두 쪽을 달고 다니는 것들에 비해 너는 사람들이 마음이라고 부르는 것과 두뇌, 그리고 인간으로서 모든 걸 갖춘 핵심적이고 중요한 인물이라는 데 내가 네 머리라도 걸 수 있겠구나. 난 너를 위해 어제보다 더 뛰어난 마녀가 되었다. 내가 너를 만들었지 않느냐? 너 같은 애를 만들어 낼 수 있는 마녀가 뉴잉글랜드에 있으면 어디 나와 보라지! 여기, 이걸 챙겨 가지고 가렴!"

마더 릭비가 챙겨 준 물건은 평범한 오크나무 지팡이에 불과했지만 순식간에 금손잡이 지팡이로 바뀌었다.

마더 릭비가 말했다.

"너만큼이나 의미가 깊은 저 금지팡이가 숭배받는 구킨 판사의 집으로 널 인도할 게다. 가거라, 내 새끼, 내 아가, 소중한 것, 보물아. 누가 네 이름을 묻거든 페더탑 Feathertop이라고 하거라. 모자에 깃털이 달려 있기도

하고 내가 네 머리 빈 공간에 깃털을 한 줌 넣어 놓기도 했거든. 네 가발 양식을 사람들이 페더탑이라고 부르더구나. 그러니 네 이름은 페더탑으로 하자꾸나!"

페더탑은 오두막에서 나와 마을 쪽으로 기세 좋게 걸어갔다. 마더 릭비는 문간에 서서, 햇살이 위로 반짝여 진짜로 웅장해 보이는 페더탑, 그 페더탑이 사랑스럽게도 부지런히 담배를 피는 모습, 다리가 약간 뻣뻣하기는 하지만 고상하게 걷는 걸 보면서 정말로 기뻐했다. 마더 릭비는 페더탑을 지켜보다가, 길모퉁이에 뒷모습이 더 이상 보이지 않을 찰나에 사랑스러운 페더탑 뒤로 마녀만의 축복인사를 날렸다.

인근 마을의 주요 거리가 활기의 절정에 다다라 부산스러운 이른 오전, 눈에 확 띄는 낯선 사람이 길에 나타났다. 풍채와 더불어 옷차림에도 고귀함이 흘렀다.

그는 자수가 화려하게 놓인 자줏빛 외투와 눈부신 황금 나뭇잎으로 장식된 값비싼 벨벳조끼, 호화로운 주홍색 반바지, 광택이 나는 최고급 하얀색 실크 스타킹으로 차려입고 있었다. 모자로 가린다면 신성모독일 정도로 너무나 우아하게 분칠과 정돈이 되어 있는 가발을 쓰고 있었고, 그래서인지 모자는 (금테두리에 새하얀 깃털로 더욱 돋보이는 모자는) 팔 밑에 끼고 있었다. 외투 가슴께에 서는 별이 빛나고 있었다.

그는 당대 훌륭한 신사의 전유물이었던 금손잡이 지팡이를 뽐내듯 우아하게 들고 있었고, 지팡이를 최대한 고상하게 마무리하기 위해 천상의 우아함이 깃든 주름장식을 손목에 달아, 반쯤 가려진 손이 얼마나 한가하고 귀족 같은지를 공공연히 드러내고 있었다.

이 빛나는 사람이 지닌 장신구 중에서 가장 눈에 띄는 것은 왼손에 들려 있는, 빼어난 색의 담배통과 호박색 부리가 달린 환상적인 담뱃대였다. 이 담뱃대를 그는 대여섯 걸음마다 입에 물었고, 깊게 들이쉬고 잠시 폐에 머금고 있다가 입과 콧구멍으로 내뱉은 연기는 우아하게 소용돌이쳤다.

짐작은 가겠지만 온 거리가 이 낯선 사람의 이름을 알아내려고 술렁였다.

마을 사람 한 명이 말했다.

"볼 것도 없이 훌륭한 귀족이야. 저기 가슴에 달린 별 보여?" 다른 사람이 말했다.

"아니, 너무 빛나서 보이지도 않아. 그래, 자네 말마따나 귀족인 건 틀림없어. 하지만 생각해 보라고. 저 귀하신 분께서 여기까지 뭘 타고 왔겠느냐는 말이야? 본토에서 들어오는 배는 지난 한 달 동안 없었어. 만약 저 이가 남쪽에서 온 사람이라면 도대체 시종이며 마차는 어디 있느냐고?"

또 다른 사람이 말했다.

"저 사람은 지위를 뽐낼 마차가 필요 없는 거야. 누더기 옷을 걸친 우리 사이에 있으면 저 팔꿈치에 있는 구멍으로 고귀함이 빛날 테니 말이지. 저렇게 위엄 있는 사람은 본 적이 없어. 장담하는데, 노르만 핏줄인 게 분명해."

이번에도 다른 사람이 말했다.

"네덜란드 사람이거나 독일 고위층 같은데. 그 나라 사람들은 항상 담뱃대를 입에 물고 다니잖아."

그의 동행이 대꾸했다.

"오스만 사람들도 그래. 그치만 내가 봤을 땐, 프랑스 궁정 출신이 아닌가 싶어. 거기서 예절이랑 우아한 몸가짐도 배운 거라고. 프랑스 귀족이 아니면 저렇게 잘 소화할 수 있는 사람이 있겠느냐고. 저 걸음걸이를 봐! 천박한 치가 봤으면 뻣뻣하다고, 홱홱 이상하게 걷는다고 했겠지만, 내 눈에는 말로 할 수 없는 고결함이 보여. 틀림없이 태양왕의 몸가짐을 계속 관찰한 끝에 얻은 것이겠지. 저 낯선 이의 지위는 어느 모로 보나 명백해. 프랑스 대사인 거야. 캐나다 이양 문제로 윗사람들이랑 논의하러 온 거라고."

또 다른 사람이 말했다.

"스페인 사람일 것 같은데. 얼굴이 노랗잖아. 아니면 아바나에서 왔거나, 스페인 본토에 있는 항구에서 왔나 보네. 우리 정부가 해적들을 눈감아 주고 있다고 생각해서 조사를 하러 온 거지. 페루나 멕시코에 정착한 사람들, 자기네가 광산에서 캐낸 황금만큼이나 피부가 노랗잖아."

한 아가씨가 소리쳤다.

"노랗든 어떻든, 정말 멋진 사람이에요! 키는 어찌나 크고, 몸은 어찌나 늘씬한지! 저 귀족 같은 훌륭한 얼굴을 보라구요. 저 잘빠진 코하며 섬세한 입 주변이라니! 이럴 수가, 저 별은 또 어찌나 빛나는지! 불꽃이라도 나오겠어!"

그 순간 마침 옆을 지나치던 바로 그 낯선 사람이 고개를 숙이고 담뱃대를 흔들며 화답했다.

"그대의 눈도 빛나네요, 아름다운 아가씨. 영광스럽게도 그 빛나는 눈을 보니 황홀해지는군요."

"어쩜 칭찬마저도 저렇게 독창적이고 아름다울 수가!"

아가씨가 황홀경에 빠져 중얼거렸다.

낯선 사람의 외모를 두고 모든 사람들이 감탄을 쏟아 내는 가운데, 딱 두 목소리만이 반대를 표하고 있었다. 한 목소리는 버릇없는 똥개였는데, 이 똥개는 빛나는 인물의 뒤쪽에 대고 킁킁대더니 다리 사이로 꼬리를 내리고는 슬그머니 주인집 뒤뜰로 자취를 감춘 채 서투르게 울어 댔다. 반대하던 다른 한 명은 꼬마아이로, 이 꼬마아이는 목청이 터져라 빽빽 울어 대면서 호박에 대해 도무지 알아들을 수 없는 말을 쏟아 냈다.

그 와중에도 페더탑은 갈 길을 갔다. 아가씨에게 칭찬을 몇 마디 한 것과 구경꾼들이 보내는 깊은 존경에 화답으로 고개를 몇 번 까딱한 것을 빼고 페더탑은 담뱃대에 완전히 빠져 있었다.

마을 사람들의 호기심과 감탄이 부풀어 올라 소란스럽기까지 한 거리를 걸어가면서도 침착하게 행동하는 모습만 봐도 그가 얼마나 지체 높고 중요한 사람인지 알 수 있었다. 뒤로 모여든 군중을 거느린 채 페더탑은 마침내 숭배받는 구킨 판사의 저택에 도착했고, 대문을 들어가 계단을 오른 뒤 문을 똑똑 두드렸다. 대답이 돌아오기 전에, 사람들은 그 낯선 사람이 담뱃대에서 재를 털어 내는 모습을 목격했다.

구경꾼 중 한 명이 물었다.

"날카로운 목소리로 무어라 외친 거지?"

그의 친구가 대답했다.

"그거야 나도 모르지. 그런데 햇빛 때문에 눈이 이상해졌나 보군. 저 귀하신 분이 갑자기 흐릿하니 시들어 보여! 나 좀 보게, 왜 이러는 거지?"

다른 사람이 말했다.

"놀라운 건, 조금 전만 해도 불이 꺼져 가던 담뱃대에 불이 다시 붙었단 거야. 저렇게 새빨간 숯은 또 처음 보네. 저 낯선 사람, 뭔가 알 수 없는 구석이 있어. 저 담배 연기 좀 봐! 자네, 흐릿하니 시들어 보인다고 했나? 아니, 저 사람이 뒤돌아볼 때 가슴에 달린 별이 이글거리듯 빛났다고."

동행하던 친구가 대꾸했다.

"그러네. 아리따운 폴리 구킨마저 황홀해 하겠어. 창문으로 내다보더란 말이지."

문이 열리자 페더탑은 관중들에게 돌아서서, 저급한 사람들이 보내는 존경을 받아들이는 위인처럼 위엄 있는 풍채로 몸을 숙이고는 집 안으로 모습을 감췄다. 미소를 지었다거나 인상을 찡그렸다고 하기에는 애매한 알 수 없는 미소가 페더탑의 얼굴에 떠올랐다. 하지만 꼬마아이와 똥개를 제외하고, 저 낯선 사람이 허울뿐이라는 것을 알아챌 만큼 통찰력 있는 사람이 구경꾼들 중에는 단 한 명도 없었다.

우리 이야기는 여기에서 페더탑과 상인의 사이에 대한 설명은 생략하고 곧장 폴리 구킨으로 넘어간다. 폴리 구킨은 부드럽고 둥글둥글한 몸에 밝은색 머리칼과 파란 눈을 지닌 처녀로, 매력적인 장밋빛 얼굴은 너무 약삭빠르지도 너무 멍하지도 않았다.

이 젊은 아가씨는 문간에 서서 눈부신 낯선 이를 보고는 당장에 만남을 대비하려 레이스 달린 모자와 구슬팔찌, 최고급 스카프, 빳빳이 풀을 먹여 놓은 다마스크 치마를 챙겨 입었다. 서둘러 방에서 응접실로 나가서는 커다란 거울을 들여다보며 예뻐 보이는 연습을 했다. 미소도 지었다가, 지나치게 위엄 있는 표정도 지어 보고, 아까보다 더 부드러운 미소를 띠며 손에 입맞춤을 해 보기도 하고, 고개를 치켜들고 부채를 부쳐 보기도 했다. 이와중에 거울에 비치는 허울뿐인 아가씨가 폴리의 동작을

죄다 반복하며 온갖 바보 같은 짓을 따라했지만, 폴리는 부끄럽지 않은 모양이었다. 아리따운 폴리가 환상에 싸인 페더탑만큼 완벽하지 못하다고 해도 그건 의지보다는 능력이 부족한 탓이었다. 그러니 폴리가 자신만의 수수함을 건드린 순간, 마녀의 유령이 폴리가 다 넘어왔다고 기뻐하는 것도 무리는 아니었다.

폴리는 풍에 걸린 아버지의 발걸음이 페더탑의 굽 높은 신발이 내는 뻣뻣하게 달그락거리는 소리와 함께 응접실로 다가오는 것을 듣자마자 꼿꼿이 앉아 떨리는 목소리로 아무것도 모른다는 듯 노래를 흥얼거렸다.

늙은 상인이 외쳤다.

"폴리! 딸 폴리야! 이리 오너라, 얘야."

문을 연 구킨 판사는 의심으로 가득 차 있고 곤경에 빠진 듯 보였다.

그는 방문객을 소개하며 말을 이었다.

"이 신사 분은 페더탑 기사, 아니지, 죄송합니다, 페더탑 경이시다. 이 아버지의 옛적 친구에게서 추억의 증표를 받아오셨더구나. 페더탑 경에게 의무를 다해야지, 얘야. 이 분에게 맞는 예우를 갖춰 드리거라."

숭배받는 판사는 소개를 몇 마디 하고는 곧장 방에서

나갔다. 하지만 그 짧은 순간에 아리따운 폴리가 눈부시게 빛나는 손님에게 온통 정신을 파는 대신 아버지를 잠깐이라도 봤더라면, 해로운 존재가 코앞에 있다는 경고를 눈치챘을지도 모른다. 이 늙은이는 매우 창백한 얼굴로 긴장해서 안절부절못하고 있었다.

예의 바른 미소를 짓는답시고 경련을 일으키듯 얼굴을 일그러트려 겨우 미소 비슷한 것을 짓고 있다가, 페더탑이 등을 돌리면 느닷없이 페더탑을 노려보면서 주먹을 휘두르고 풍에 걸린 발을 굴렀다. 이 무례한 짓은 후에 응징을 받는다.

마더 릭비가 귀띔해 준 말이 무엇이든, 그 말은 부유한 상인의 선의보다는 두려움을 훨씬 많이 불러일으킨 듯했다. 더욱이, 놀랍도록 날카로운 관찰력을 지닌 구킨 판사는 페더탑의 담뱃대에 칠해진 무늬가 움직이고 있다는 것을 진작에 눈치챘다.

더욱 가까이 들여다보니, 작은 악마 무리가 저마다 마땅히 뿔과 꼬리가 달려서는 손에 손을 잡고 사악하면서도 명랑한 자태로 담배통 주위를 빙글빙글 돌고 있는 게 확실히 보였다.

그가 수상하게 여기는 바를 확실히 보여 주려는 듯, 응접실로 이어지는 어둑한 통로를 지나는 사이 페더탑의 가슴팍에 달린 별이 진짜 불꽃을 번득이며 벽, 천장, 바닥에 일렁이는 빛을 내뿜었다.

이렇게 사방에 불길한 조짐이 보이니, 구킨이 이러다 자기 딸을 저 의문투성이 방문객에게 바쳐야 하는 건 아닌지 의심하는 것도 놀랄 일은 아니었다.

구킨 판사는 은밀한 영혼 속에서, 페더탑, 저 눈부시게 빛나는 인간이 고개를 숙이고, 미소 짓고, 손을 가슴에 대고, 담배연기를 길게 들이마시고, 숨을 내쉬면서 향이 밴 연기로 실내를 가득 채우는 그 간사한 우아함을 저주했다.

구킨 판사는 이 위험한 손님을 길거리로 떠밀 수도 있었다. 하지만 마음속에 구속과 공포가 서려 있었다. 무서운 일이지만 이 존경받는 노신사는 젊었을 적에, 악마의 규칙에 서약 같은 것을 했고 이제는 딸을 희생해 빚을 갚아야 했던 것이다.

마침 응접실 문은 유리로 된 부분이 있었고, 실크 커튼이 쳐져 있기는 하지만 주름이 살짝 흐트러져 있었다. 구킨은 매력적인 폴리와 멋진 페더탑 사이에 무슨 일이 일어날지 궁금함을 참지 못하고, 방을 나선 후에 커튼 틈으로 방을 들여다보고야 말았다.

하지만 놀랄 만한 장면은 없었다. 아까 알아챘던 사소한 점 외에는 아리따운 폴리 주위에 초자연적인 위험이 도사리고 있다는 증거는 보이지 않았다.

저 낯선 이는 실로 완전하고 빈틈없이 체계적이고 침착했고, 따라서 부모로서 순진하고 어린 딸을 아무런 경계도 없이 넘겨줄 수는 없는 부류의 사람이었다. 지위와 성격을 막론하고 온갖 사람들을 다 겪어 본 덕망 있는 판사는 품위 있는 페더탑의 동작과 몸짓 하나하나가 제대로 자리잡혔다는 점을 인지했다.

페더탑에게 무례하다거나 꾸밈없는 점은 찾아볼 수 없었다. 예의범절이 본질에까지 완전히 스며들어 하나의 예술작품이 되어 있었다. 무시무시하게 경외로운 구석은 아마 이 특징에서 비롯됐을 것이다. 알맹이가 없어 바닥에 그림자도 비치지 않을 것 같은, 그만큼 비현실적이라는 인상을 풍기는 이유는 완전하고 완벽히 인조적인 무언가 때문이었다.

페더탑이라고 하는 이 모든 것은 그 생명과 존재가 담뱃대에서 피어오르는 연기와 흡사하게, 황량하고 과장되고 환상 같은 인상을 남겼다.

하지만 어여쁜 폴리 구킨은 이를 느끼지 못한 모양이었다. 둘은 이제 방 안을 거닐고 있었다. 페더탑은 고상한 걸음걸이에 마찬가지로 고상하게 인상을 찡그리고 있었고, 함께 거닐고 있는 페더탑의 완벽하게 꾸며진 모습에 물들었는지 이 아가씨는 타고나게 여성스러웠던 우아함이 망가진 것까지는 아니더라도 살짝 손상되어 있었다.

대화가 길어질수록 아리따운 폴리는 마음을 더욱 빼앗겼고, 결국 (구킨 판사가 시계로 본 바로는) 15분이 채 안 돼서 완전히 사랑에 빠졌다. 그녀가 그토록 빠르게 정복당한 게 꼭 마술 탓만은 아니었다. 그 가엾은 처자의 마음이 과하게 열렬해졌는데, 사랑하는 이의 텅 빈 모습에 그 열기가 부딪혀 반사되는 바람에 아예 녹아 버렸던 것이다.

페더탑이 무슨 말을 해도 폴리의 귀에서는 깊게 반향했고, 페더탑이 무슨 행동을 해도 폴리의 눈에는 영웅처럼 보였다. 이쯤 되자 폴리의 뺨에는 홍조가 물들었고 입에는 부드러운 미소가, 눈길에는 물 흐르는 듯한 부드러움이 스며들었다.

그 사이에도 페더탑 가슴팍에서 별은 번쩍이고 있었고

작은 악마들은 그 어느때보다도 광적으로 명랑하게 담배통 둘레를 질주하고 있었다. 아, 아리따운 폴리 구킨, 이 어리석은 아가씨의 마음이 그림자에 내다 바쳐질 순간이 코앞에 다가온 터라 도깨비들이 그리도 미친 듯이 기뻐하는 게 아니던가! 너무도 특이한 불운인가, 지독히도 대단한 승리인가?

어찌 됐든 말을 멈추고 인상적인 자세를 취하는 페더탑의 모습은 매력적인 아가씨더러 자신을 들여다보고 어디 거부할 수 있으면 거부해 보라는 듯한 기세였다. 그 순간 별, 자수, 죔쇠는 말로 할 수도 없이 황홀하게 빛나고 있었다. 입고 있는 옷의 선명한 빛깔이 한층 더 깊어졌다. 단단히 걸린 완벽한 마법의 증거로, 그의 존재는 온통 광택이 흐르고 빛이 났다.

아가씨는 자기도 모르게 눈을 들어 수줍으면서도 감탄하는 듯한 시선으로 함께 있는 사람을 지긋이 바라봤다. 그러고 나서 자기 자신의 수수한 단정함이 이런 엄청난 광채 옆에서는 어떻게 보이는가 판단하고 싶었는지, 걷다 보니 앞에 서게 된 전신거울을 슬쩍 쳐다봤다. 그 안에 비친 모습이 눈에 들어오기 무섭게 폴리는 비명을 지르며 낯선 사람의 옆에서 주춤 물러섰고, 경악을 금치 못하며 그 사람을 잠시 쳐다보더니 의식을 잃은 듯 바닥에 주저앉고 말았다.

마찬가지로 거울을 들여다본 페더탑은 빛나는 겉모습이 아니라, 모든 마법이 벗겨진, 추악하게 조립되어 있는 실체를 보았다.

졸렬한 모조인간이라니! 그는 동정받아야 마땅하다. 페더탑은 두 팔을 치켜들며 절망스러운 표정을 지었고, 이 공허하고도 속임수 자체인 인생이 시작되고 난 뒤로 자신의 모습을 완전히 인식한 것이 처음이었기 때문인지, 그전에 인간임을 주장하던 어떤 표정보다도 더욱 인간 같았다.

마더 릭비는 이 파란만장한 날의 땅거미가 지는 가운데 부엌 화롯가에 앉아 있었다. 새로운 담뱃대에서 잿가루를 막 털어 내는데 길거리에서 황급히 쿵쾅대는 소리가 들렸다. 그런데 사람의 발걸음 소리라기보다는 막대기가 덜거덕거리는 소리나 바짝 말린 뼈가 달그락거리는 소리 같았다.

늙은 마녀는 생각했다. '참나! 저 걸음걸이는 뭐야? 누구 해골이라도 무덤에서 뛰쳐나왔나 보지?'

그 주인공이 오두막 문을 벌컥 열고 들어왔다. 바로 페더탑이었다! 페더탑의 담뱃대는 여전히 불붙어 있었다. 별도 가슴에서 빛을 내고 있었다. 옷에 새겨진 자수도 여전히 반짝이고 있었다.

우리 인간과 똑같아 보이는 페더탑의 겉모습도 알아볼 수 있는 한에서는 전혀 빛이 바래지 않았다. 그런데 뭔가 설명하기 힘들지만, (우리를 속여 왔던 것이 한 번 발각되고 나면 으레 그렇듯이) 그 어설픈 실체가 교묘한 인공물 아래로 느껴졌다.

마녀가 물었다.

"뭐가 잘못된 게냐? 그 훌쩍거리는 위선자 놈이 우리 아가를 문에서 내쫓았니? 못돼 먹은 자식! 내가 스무 악령을 불러 고문이라도 시켜서 그 자식이 네게 무릎 꿇고 지 딸을 바치게끔 만들어 주마!"

낙담한 페더탑이 말했다.

"아니에요, 어머니. 그런 게 아니에요."

마더 릭비가 도벳(유대인이 우상 몰록에게 자식을 불태워 산 제물로 바친 땅 — 옮긴이)의 두 숯덩이처럼 이글거리는 눈을 하고 물었다.

"그 계집애가 우리 소중한 아가를 비웃은 게냐? 내 그 얼굴을 여드름으로 덮어 주지! 코는 담뱃대 숯덩이처럼 빨갛게 만들어 줄 테다! 앞니는 빼 버리고! 일주일도 안 돼서 그 계집애는 네 아내로 삼기엔 하찮은 것이 될 게야!"

가엾은 페더탑이 대꾸했다.

"그녀를 내버려 두세요, 어머니. 그 아가씨는 반쯤 넘어왔어요. 그녀의 달콤한 입술로 키스를 받으면 제가 완전한 인간이 될 수도 있겠다 싶었어요. 그치만."

페더탑은 잠시 말을 멈추고 자기를 경멸해 마지않아 울부짖었다.

"내가 내 모습을 봐 버렸어요, 어머니! 누더기를 걸친 졸렬하고 텅 빈 모습이었어요! 더 이상 존재하지 않을래요!"

페더탑은 담뱃대를 입에서 잡아 빼더니 있는 힘껏 굴뚝에 던졌고, 그 순간 바닥에 무너져 내려 볏짚, 다 해진 옷가지, 툭 튀어나온 막대기, 쭈글쭈글 호박이 됐다. 눈구멍은 이제 초점이 없었다. 하지만 대충 파내어진 틈새, 방금 전까지만 해도 입이었던 그 틈새는 여전히 일그러져 절망스러운 미소를 짓고 있는 듯했고, 어느 정도 사람의 입 같았다.

마더 릭비가 자신이 만든 팔자 사나운 작품의 잔해를

안쓰러운 듯 바라보며 말했다.

"딱한 것아! 가엾고 사랑스러운 내 페더탑! 이 세상에는 페더탑처럼 닳아빠지고 잊혀 버린, 아무짝에도 쓸모없는 쓰레기로 만들어진 허풍쟁이, 겉멋만 든 것들이 널리고 널렸는데! 그래도 잘만 살아가고 있고, 그것들은 도통 스스로를 있는 그대로 보는 법이 없지. 그런데 왜 불쌍한 내 새끼만 자기 본모습을 알아 버려서 죽고 만 게지?"

마녀는 이렇게 중얼거리면서 신선한 담뱃잎을 채워 담뱃대를 손가락 사이에 끼웠고, 그걸 자기 입에 넣어야 할지 페더탑 입에 물려줘야 할지 고민했다.

"딱한 페더탑! 다시 한 번 기회를 줘서 내일 또 내보내는 거야 어렵지 않지. 하지만 아니야. 저 아이는 감성이 너무 여리고 감정이 너무 복잡해. 저렇게 텅 비어 있고 열정 없는 세상에서 특권을 누리며 살아가기에는 너무 마음이 진실해. 그래! 좋아! 이렇게 됐으니 저 아이를 허수아비로 만들어야지. 순수하면서도 유용한 일이니 내 아가에게 꼭 맞겠군. 인간들도 저마다 꼭 맞는 일을 한다면 인류에 훨씬 도움이 될 텐데 말야. 그리고 이 담뱃대, 저 아이보다는 내게 더 필요하니까."

이렇게 말하면서 마더 릭비는 담뱃대를 입에 물었다. 그러고는 높고, 날카로운 목소리로 외쳤다.

"딕컨! 담배에 불붙일 숯!" ♧

환상의 세계는 더 이상 어린이들의 전유물이 아니다. 한순간의 유행이 아닌 굳건한 키워드로 자리잡은 힐링 열풍으로, 팍팍한 세상살이에 지친 어른들은 동심의 세계로 돌아가고 싶다.

아마 『해리포터』와 『반지의 제왕』을 시작으로 판타지라는 장르가 더 이상 소수 마니아층이 아닌 대중의 문화로 자리잡게 된 것도, 〈겨울 왕국〉 등의 애니메이션이 큰 인기를 끈 것도, 주머니 괴물을 잡으러 가는 게임이 우리나라는 물론이고 전 세계를 흔들어 놓은 것도, 모두 어른이들의 저력을 제대로 보여 주는 현상이다.

정작 나는 그대로지만 나이가 들었으니 그에 걸맞은

의무를 지고 살아가야 하는데 가끔은 그 무게가 힘겨워 기댈 곳이 필요한 것이다. 이런 어른이들에게 쉼터가 되어 줄 수 있는 것이 바로 '환상' 아닐까 싶다. '어른이 판타지는 무슨… Wake up!'이라고 생각할 사람들도 있겠지만, 오히려 적당한 상상과 환상은 일상생활에서 윤활유 역할을 해 줄 수 있을 터.

하지만 홀로 상상의 나래를 펼치기란 쉽지 않은 법이다. 이때 우리는 작가가 내민 손을 잡고 미지의 세계로 떠날 수 있을 것이다.

어떤 작가의 손을 잡느냐에 따라 우리가 마주하게 될 세상은 전혀 달라진다. 그중 이 단편집에서 무려 지분의 반 가까이를 차지하고 있는 허버트 조지 웰스가 보여 주는 환상은 현실에 굳게 뿌리를 두고 있다. 사실 웰스는 현실세계에 대한 걱정과 더불어 사회개혁 및 교육에 관심이 아주 많은 사람이었고, 그 스스로도 말했듯이 그의 상상력은 대뜸 허공에서 떠다니는 것이 아니라 현실에 대한 문제의식을 바탕으로 뻗쳐 나갔다.

반대로 로드 던세이니는 온전히 그가 창조한 신화적

세계, 여럿이 있지만 여기에서는 그중에서도 '페가나'를
보여준다. 이 작품에 실린 얀 강과 얀 강을 항해하며 보
고 듣는 것들은 페가나와 연결된 작은 일부에 불과하니,
살짝 보여 주는 것이라고 할 수 있겠다.

실제로 던세이니는, 현대 판타지 소설이라는 장르를
발전시킨 작가인 J.R.R.톨킨이 영향을 받았다고 거론했으
며 지금까지도 여러 매체에서 차용하고 있는 하나의 거
대한 세계인 크툴루 신화를 창조해낸 H.P.러브크래프트
또한 자신의 작품이 '던세이니'와 '에드거 앨런 포'로 이
루어져 있음을 인정했을 정도로 던세이니에게 큰 영향을
받았다. 이 정도로 던세이니가 세운 새로운 세계는 판타
지 문학사에서 큰 줄기를 차지하고 있다.

이 단편집, 『마술가게』에는 위에 소개한 두 작가 외에
도 『보물섬』 『지킬 박사와 하이드』로 유명한 로버트 루
이스 스티븐슨의 단편과 19세기 대표적인 미국 낭만주
의 작가인 나다니엘 호손이 안내해 줄 환상 이야기도 실
려 있다.

제대로 작정한 판타지 단편집이라기보다는 잠시 다른

세상으로의 공간이동 아닌 공간이동을 경험하고 싶은 많은 독자들에게 다가가려는, 동화적 요소가 가미된 단편집이라고 할 수 있다.

사실 『여섯 날의 크리스마스』라는 고전단편집을 기획하고 번역한 후로, 아무도 시키지 않았지만 또 다른 단편집을 구상하려니 참 막막했다. 무작정 이런저런 단편들을 뒤지며 좋은 주제를 찾아 헤매던 내게 나타나 나만의 쉼터를 제공해 준 네 분의 작가에게 무한한 감사를 보낸다.

번역을 하고 수정번역을 하고 교정을 하느라 수차례 읽으면서, 그리고 아직까지도, 무시무시한 거인 마술사가 바다를 헤치며 걸어 다니고 있을지도 모를 하와이의 섬 지대, 리젠트 거리에서 엄마아빠 손을 붙잡고 가는 착한 아이에게만 살며시 나타나 문을 열어 줄 마술가게, 또 다른 허수아비를 만들지 어떨지 모르는 마더 릭비의 세상, 에콰도르 안데스의 황량하기 그지없는 황무지의 골짜기 저 아래쪽에 아늑히 펼쳐져 있을 눈먼 자들의 나라, 나도 한 번쯤 가 보고 싶은, 이 세상의 평화로움은 다 모여 있을 것만 같은 초록문 너머의 세계, 오늘도 꿈꾸는 자를 태우고 얀 강을 항해할 '강에 노니는 새'호 가 정말로 이 세상 어딘가에 있을 거라고 생각하며 가슴 두근거려하는 나야말로 못말리는 '어른이'지 싶다.

감사의 말

번역자 최주언 님의 원고를 보고 무작정 이 책을 예쁘게 만들어 선물하고 싶다는 생각을 했다. 무식하게 시작했던 출판이지만 첫 책이 다행히도 많은 사람들에게 사랑을 받았다. 하지만 아쉬운 것은 많은 이들이 함께 할 수 없었다는 것이었다.

나에게 초등학교와 유치원에 다니는 손자들이 있다. 이 아이들은 할머니의 책이라며 『사신의 술래잡기』를 읽고 싶어 하지만 어린 아이들이 읽기에는 잔인하고 아름답지 못한 내용이 너무 많다.

『마술가게』는 남녀노소 누구라도 읽고 같이 이야기를 나눌 수 있는 이야기들이다. 고전에서 건져 올린 대어이며 단편 하나하나가 다 반짝이는 보석이다.

여러 이상한 나라의 이야기들은 어린 아이들에겐 동화의 느낌으로 다가갈 것이고 어른들에겐 교훈을 줄, 어른과 아이들이 함께 읽는 '어른이' 동화다.

『마술가게』는 우리 주위의 모든 이들과 함께 읽기를 바라며 만든 책이다. 이 책이 종이로 태어날 수 있게 숨을 넣어 준 번역자 최주언 님과 너무나 예쁜 그림으로 옮겨 주신 김깡총님, 몽실북클럽 회원님들, 클라우드 펀딩으로 밀어 주신 고마운 분들, 목숨보다 소중한 내 가족들, 특히 지금 너무 힘든 상황에서도 가족만을 생각하는 남편 몽오님과 내 소중한 아이들 조승주, 조효준, 박승빈에게 이 아름다운 책을 바친다.

마술가게가 종이책으로 태어날 수 있게
숨을 불어넣어 주신 고마운 분들을 소개합니다.

Caroline Hwang, Entropic, Julesjiyeon, LMN, SS1222♡, 고진희, 권윤정, 규진♡서우♡옥경, 길유지a.k.a.발톱냥, 김경환, 김남경, 김다애, 김보미, 김상미, 김선아, 김세진, 김연아, 김준섭, 김혜경, 까칠여사, 나정환, 달리, 돈다돌아, 동갑내기 부부하기, 료, 리니, 리오엘리, 문외경, 문재민, 문혜림, 민봉기, 박경순, 박보영, 박복숭아, 박애진, 박연순, 박한아, 빛나는구슬 전희옥, 사과나비, 사이클론, 서동민, 서슬기, 서형경(달려라 엄마), 선례공주, 성옥임, 성주연, 성찬얼, 小愛/mellheirose, 손국지, 손영래, 손재웅, 스람, 승주효준맘, 아리아나, 안주은, 양우리, 오선근, 오세영, 오희정, 왕지윤, 유도연, 유성기, 유정정, 이권식, 이달님, 이두영, 이리나, 이미선, 이슬기, 이영례, 이영훈, 이예지, 이용수, 이우정, 이진아, 이혜영, 이희진, 작가를 꿈꾸는 낌은, 잠자는곰0104, 장진열, 전원기, 정광모, 정지영, 조수빈, 조영주, 조윤정, 주자영, 주현정, 직장인, 陳侶卵, 진유림, 쭈오니의베푸다으니, 청초쪼꼬, 최지민, 캡틴쪼꼬, 탁진주, 하늘호수별, 하이파에프앤디, 허성욱, 허정은, 홍헌영, 황남연, 황애현

마술가게

1판 1쇄 발행 2016년 8월 26일
2판 1쇄 발행 2018년 12월 15일

지은이 · 허버트 조지 웰스 외 3인
옮긴이 · 최주언
발행인 · 주연지
편집인 · 석창진
편집 · 최소라
디자인 · 김서영
북트레일러 · 사이클론

펴낸곳 · 몽실북스
출판신고 · 2015년 5월 20일(제2015 - 000025호)
주소 · 서울 관악구 난향7길52
전화 · 02-592-8969 / 팩스 · 02-6008-8970
전자우편 · mongsilbooks_kr@naver.com
네이버 포스트 · post.naver.com/mongsilbooks_kr
인스타그램 · instagram.com/mongsilbooks

ISBN 979-11-957048-2-8(03840)

* 이 책은 저작권법에 따라 보호받는 저작물이므로 무단전재와 무단복제를 금지하며, 이 책 내용의 전부 또는 일부를 이용하려면 반드시 저작권자와 몽실북스의 서면동의를 받아야 합니다.
* 잘못된 책은 구입하신 서점에서 바꿔드립니다.
* 책값은 뒤표지에 있습니다.